ちくま文庫

ブコウスキーの酔いどれ紀行

チャールズ・ブコウスキー

マイケル・モンフォート 写真

中川五郎 訳

筑摩書房

目次

本書は一九九五年に河出書房新社より単行本として、二〇〇三年に河出文庫として刊行されました。今回のちくま文庫化にあたり、加筆・訂正しました。

ブコウスキーの酔いどれ紀行

写真　マイケル・モンフォート

I

航空券

まずはフランス人編集者、ロダンと一悶着あった。最初彼は二人分の航空券と言い、それから一人分だけと言ったので、わかったとわたしは答え、リンダ・リーの分の航空券を購入した。出発の日の土曜日、空港に電話してみたところ、わたしの予約は入っているが、支払い済みの航空券が用意されているわけではないことがわかった。そこでわたしは車に飛び乗って旅行代理店を探し始めた。どの店も閉まっている。土曜日のロサンジェルスは、どういうわけか旅行代理店はどこも営業していないのだ。何時間か探しまわった後、ようやくファーマーズ・マーケットで開いている店を見つけた。そこでも一時間は待たなければならなかった。わたしは観光客にまじってうろつきまわり、ターキー・サンドイッチとコーヒーを手に入れ、それからもどって自分の航空券を手に入れた。

2　機内で

行きの道中は特にどうということもなかった。リンダ・リーとわたしはマリファナを吸っているのではないかと疑われて責められた。わたしたちが吸っているのはマリファナではないと、機長を、あるいは別の人間だったかもしれないが、その男を納得させるのに、十分か二十分は優にかかってしまった。機内にあった白ワインをわたしたちは全部飲み尽くし、次に赤ワインも飲み尽くした。リンダは眠り、わたしは機内にあったビールもすっかり飲み干した。

3　フランスの編集者

車でパリのホテルまで行ってもらうと、ちょうど向かい側にフランス人編集者の事務所があった。そこにはロダンとジャルダンという二人のフランス人編集者がいる。わたしはワインのボトルを五本手に入れてきて、リンダ・リーと一緒にベッドの上に寝そべって飲み始めた。二人のフランス人編集者はわたしの本を四冊出版していた。ボトルを一本か二本空けてから、受話器を取って彼らに電話をかけた。どちらかが電話に出る。「いいか、このくそったれ」とわたしは言った。「おまえはロダンか、それともジャルダンなのか？」どちらだったにせよ、わたしは五分か十分たっぷりかけて、その男を思いきり罵り続けた。それから電話を切り、リンダ・リーと一緒にもっとワインを飲んだ。それからまた電話をかける。「いいか、このくそったれ、おまえはジャルダンか、それともロダンか？　自分が誰と喋っているのかわたしには知る権利があるぞ！　おまえはジャルダンなのかロダンなのか？　おまえはロダンかジャルダンか？　わたしには確かめる権利があるぞ！」それからしばらくしてわたしたちはみんな眠りに就いてしまった。

4　インタビュー

ロダンに起こされ、午前十一時にパティオでインタビューがあると知らされた。「とても重要な新聞です……」「わかった」とわたしは、それからの四日間で十二もインタビューが待ち受けていることも知らずに答えた。午前中のインタビューはいつでもいちばん苦手で、二日酔いに襲われ、無理してビールを飲み下そうとしなければならない。

いや、どうして自分が作家なのかまるでわからないね。いや、わたしの書くものに何か特別な意味があるとは思えないけどね。セリーヌ? ああ、もちろん。いいじゃないか? わたしが女たちを好きかだって? そうだね、たいていは一緒に暮らすよりは、一緒に寝るだけのほうがいいね。何を大切だと考えているかだって? いいワインに、いい一物、それに朝は遅くまで眠っていられること。きみが迷惑かだって? もちろん迷惑だよ。五十八歳にもなったこのわたしに嘘をつかせようっていうのかい? 一杯おごってくれよ。いや、わたしが吸っているのはマリファナなんかじゃないよ。これはインドのジャバルプル産のシャー・ビーディという煙草だ……。

最後のインタビュアーは、パリの麻薬中毒のパンク野郎だった。いたるところにジッパーがついたレザー・スーツというういでたちで彼は登場した。調子が悪くて、ヘロインを一発打たないとしゃきっとしないと彼は言う。あいにくと持ち合わせていないとわたしは彼に言ってやった。テープ・レコーダーを持参してきている。わたしたちはビールに角氷を入れて飲んだ。あちこちのジッパーを上げ下げする彼にわたしのほうがインタビューした。インタビューされるのはもううんざりだった。母親は健在かとか、いろいろなことを彼に質問した。彼の答の中でいちばんいかしていたのは、自分は環境汚染が好きだというものだった……。

5　トーク・ショウ

金曜日の夜に、わたしは国中にテレビ放映される、有名な番組に出演することになっていた。九十分のトーク・ショウで、文学的な番組だった。いいワインを二本、本番中に用意するようわたしは注文を出した。五千万から六千万人のフランス人がその番組を見ている。

その午後も遅くなってからわたしは飲み始めた。気がつくとロダンやリンダ・リーと一緒にセキュリティを通り抜けていた。それからメイク・アップ担当の男の前に座らされた。さまざまな粉おしろいをつけようとするが、わたしの顔の表面や窪みに滲み出た脂がそれらを頑として受けつけようとしない。彼はため息をつき、手を振ってわたしを追い払う。わたしはボトルのコルクを開けて、一杯あおった。悪くはない。司会者がいて、一緒に出演する作家が三人か四人いる。アルトーに自分が発案したショック療法を施した精神科医もいた。司会者はフランス中で有名だということだったが、わたしから見ればそんな人物のようには見えなかった。隣に座ると、彼は貧乏揺すりをしている。「どうしたんだい?」と彼に声をかけた。「ぴりぴりしてるのかい?」彼は返事をしなかった。わたしはグラスにワインを注いで、彼の顔の前に置いた。「ほら、こいつを飲めよ……いらいらが収まるから……」彼は軽蔑の色をあらわにして、あっちに行けと手を振った。

やがて本番が始まった。わたしはイヤフォンをつけていて、そこからはフランス語が英語に同時通訳されて聞こえてくる。それにわたしの発言もフランス語に訳されて伝わることになっていた。わたしはその夜のいちばんのゲストだったので、司会者が最初に発言を求めてきた。わたしはこう切り出した。「この番組に出演したがっているアメリカの作家たちをわたしはいっぱい知っている。わたしには大したことにも思えないのだが……」それを聞いて司会者は素早く別の作家のほうに話を持っていく。何度も何度も裏切られながら、今も信念を守り続けている一昔前のリベラリストだ。わたしは何の政治的信念も持ち合わせてはいなかったが、その年寄りにいい顔をしていると言ってやった。彼は延々と喋り続けた。いつだって彼らはそうだ。

それから女性の作家が話し始めた。わたしはワインが結構まわっていて、彼女が何について書いているのか今ひとつ確信が持てなかったが、何か動物のこと、動物の物語を書いているようだった。もう少し上のほうまで脚を見せてくれたら、彼女がいい作家かそうじゃないか教えてあげられるかもしれないとわたしは声をかけてみた。彼女は脚を見せてはくれなかった。アルトーにショック療法を施した精神科医はじっとわたしのことを見つめ続けている。別の誰かが話し始めた。カイゼル髭のフランスの作家だ。大したことは何も言っていなかったが、彼は喋り続けた。照明はどんどん明るくなり、黄色い光がべっとりと絡みついてくる。照明を浴びて、わたしはやたらと暑くなってきた。それからの記憶はまったくなくなり、気がつくとわたしはパリの通りにいて、人をぎょっとさせずにはおかない轟音に包まれ、ライトがいたるところで眩しく光っている。オートバイに乗った人間たちが通りに一万人ほどいる。わたしはカンカン娘を見たいと要求するが、もっとワインを飲ませてくれるという約束をだしにホテルへ連れもどされる。

6　トーク・ショウの波紋

翌朝電話の音で目が覚める。「ル・モンド」紙の評論家からだった。「素晴らしかったよ、このとんでもない男め」と彼が言う。「ほかのやつらはマスターベーションすらできなかったよ……」「わたしは何をやったんだ?」と尋ねる。「覚えていないのかい?」「まったく」「じゃあ、教えてあげよう。きみのことを悪く書いている新聞は一紙もないよ。フランスのテレビ局が何か正直なものに出会ういい潮時だったたんだ」

その評論家の電話を切ってから、わたしはリンダ・リーのほうを見た。「何が起こったんだい、ねえ？　わたしは何をしたのかな？」

「いい、あなたはあの女性の脚をひっつかんだの。それからボトルをラッパ飲みし始めたわ。そしてあれこれと話したのよ。なかなかよかったわよ、特に出だしのあたりはね。それから番組の進行役の男があなたに話させないようにしようとした。彼は自分の手であなたの口を覆って、『黙れ！　黙れ！』って言っていたわ」

「あいつがそんなことをしたのか？」

「ロダンはわたしの隣に座っていたわ。彼はわたしに言い続けていた。『彼を黙らせてください！　彼を黙らせてください！』ってね。彼はあなたのことがよくわかっていないのよ。いずれにしても、あなたは最後にはイヤフォンをむしり取って、ワインを一口あおると、さっさと出ていってしまったのよ」

「ただの酔っぱらい野郎か」

「それからあなたはセキュリティのところまでいくと、警備員の一人の襟首をひっつかんだの。そしてナイフを取り出して、彼ら全員を脅したのよ。あなたがふざけてやっているのか、そうじゃないのか彼らはよくわからなかったみたい。でも結局はあなたを押えつけて、表に放り出したわ」

　わたしはバスルームに入って小便をした。可哀想なリンダ・リー。ドイツとフランスでは、新聞でも雑誌でも、彼女はいつもリンダ・キングとして扱われていた。リンダ・

キングはわたしの以前のガールフレンドで、彼女と別れてからとっくに三年は過ぎていた。そのことに彼女はとても傷ついていた。わたしなら別の誰かに間違えられても大して気にはならない。昔のボーイフレンドならなおさらだ。「ところでここにいるのはリンダ・リーでリンダ・キングじゃないんだよ」とインタビュアーたちに言っても、彼らは彼女の名前のことなど意に介さなかった。このわたしとの暮らしを耐え忍ぶことのできる女性は、誰であれ正しい名前で呼ばれなければならないと、わたしは声を大にして言いたい。

バスルームから出ると、電話が次から次と鳴りっぱなしだ。バーベット・シュローダーからもかかってきた。彼はわたしの友だちで、何本もの奇妙で変わった映画の監督をしていた。「素晴らしかったよ、ハンク（ブコウスキーの愛称）」と彼が言う。「フランスのテレビであんなことが見られたのは初めてだよ」「ありがとう、バーベット、でもあの夜のことはほとんど覚えてはいないんだ」「あんなことをすっかりやっておきながら、自分が何をやっていたのかまったくわかっていなかったということかい？」「ああ、飲んでいるとあんなふうになってしまうんだよ……」

リンダ・リーとわたしはユーレイル・パスを手に入れていた。パリから逃げだす時がやってきた。何週間か前にわたしたちはニースにいるリンダ・リーの叔父を訪ねるようにと招待を受けていた。そこにはリンダの母親もいる。行かないわけはない。

7　ニースに到着

リンダはホテルから何度か叔父のバーナードに電話をかけてみた。誰も出ない。

「どうしたのかしら。何時に着くか、今日電話するからって言っておいたのに」

「行かないことにしよう」

「だめよ、行くってちゃんと言ったんだから。叔父のプールで泳いで、太陽の下で寝そべってリラックスしたいわ。彼は山の中腹にシャレー風の家を持っているのよ。それに母にも会いたいわ。母のことは気に入っているでしょう」

「ああ、素敵な脚をしている……」

そこでホテルをチェックアウトし、ロダンが自分の事務所の写真家の一人にわたしたちを駅まで車で送らせた。彼は目が片方見えない、いい男だった……。

南に下る旅は十時間かかった。わたしたちが到着したのはその夜の午後十一時だった。誰も迎えに来てくれてはいない。リンダが電話をかけた。彼らがちゃんといたことは間違いない。身振り手振りをまじえてリンダが喋っているのが見える。すぐには終わらない。ようやく彼女が電話を切って出てきた。

「わたしたちには会いたくないんですって。母は泣いているし、その後ろでバーナード叔父さんが声を張り上げてわめきちらしているの。『あの手の男はわたしの家の中には入れないからな！　絶対に！』ってね。みんなあのテレビ番組を見たのよ。司会者は叔父さんのヒーローの一人だったわ。叔父が電話に出たから、一日中どこにいたのって聞いてみたのよ。彼が言うにはわざと外出していたんですって。そうすりゃ電話に出なくても済むからってね。彼は何もないのにはるばるとわたしたちをこんなところまで来させたのよ。くだらない復讐をしようと、わざわざわたしたちにこんな遠くまで無駄足を踏ませたのよ。あなたがテレビ局から放り出されたって彼は母親に言ったのよ！　事実じゃないわ、あなたは自分で歩いて出ていったのよ！」

「もういいよ」とわたしは言った。「ホテルの部屋を取ろう」

駅の向かいにあるホテルを見つけ、二階の部屋を取った。それから表に出て、歩道に面したカフェに入り、きわめて上物の赤ワインにありついた。

「彼は母を洗脳してしまったのよ」とリンダが言う。「きっと彼女は今夜は一睡もできないはずよ」

「きみの叔父さんに会えなくてもわたしはまるでかまわないよ、リンダ」

「母のことよ、わたしが思っているのは」

「ぐっと飲めよ」

「ただ無駄足を踏ませるために、彼がわざとわたしたちにあんな長い列車の旅をさせたのかと思うと」

「わたしの父のことを思い出させるよ。彼はそんなろくでもないことをしょっちゅうやっていたからね」

ちょうどその時、ウェイターが一枚の紙切れを持って近づいてきた。

「あなたのサインをいただけますか」

わたしは自分の名前をサインして、ちょっとした絵も描いた。

隣に酒が飲める別の店があった。右手に目を遣ると、五人のフランス人のウェイターたちが笑って、手を振っている。わたしは笑い返し、彼らに向かって飲み物の入ったグラスを差し上げた。五人のフランス人のウェイターたちが全員お辞儀をする。彼らはこちらに近づいてくることもなく、そのまましばらくその場所に立って、お喋りしていた。それから立ち去ってしまった。

8　リンダの母親

午前九時半にホテルの電話が鳴る。リンダが出た。リンダの母親のセリーナだった。彼女はバスに乗ってわたしたちに会いに来たがっていた。叔父のバーナードは車で彼女を送ろうとはしなかった。長年婦人科医だったバーナードは、とても金持ちだった。時間的には午後の二時頃がいいのではないかとリンダがセリーナに告げる。わたしたちは再び眠りに就いた。午後の一時にまた電話が鳴った。セリーナだった。

「母さん」とリンダが言う。「午後二時だって言ったじゃない」

「でもわたしはもう一時間もこのあたりを歩き回ったのよ」と母親が答える。

わたしたちは彼女に会いに下に降りていった。

「とっても親切なイギリス人の男の子たちに会ったのよ」と彼女が言う。「食事をするにはとっておきの店を教えてくれたわ」

「よしきた」とわたしは言った。「じゃあ、行こう」

その店はヴィクトル・ユーゴー通りのはずれにあるということだった。わたしたちはさんざん歩き回ってようやくヴィクトル・ユーゴー通りまで辿り着いたものの、ヴィクトル・ユーゴー通りにある店は目当てのところのようには思えず、みんなで別の方向へと向かった。そちらのほうにもそんな店はなかった。

「じゃあ、もしかしてあの子たちはどこか別の店のことを言っていたのかもね」とセリーナが言う。「もうちょっとだけ探してみましょうよ。食べ物がおいしいって言っていたのよ。もう歩き回るのにうんざりかしら？」

「探そう」とわたしは答えた。

セリーナは店の名前を書いた紙切れを持っていた。わたしたちは歩いて歩いて歩き回ったが、その店はどこにもなかった。結局は二重駐車で違反をしているフランス人がいて、なかなか美男子の若者だったので、セリーナが紙切れに書かれた店の名前を彼に見せ、知っているかどうか尋ねることになった。彼は知っていた。車の計器盤の隣にある小物入れから鉛筆と紙切れを取り出し、どうすればちゃんとそこまで辿り着けるか、地図を描いてくれた。彼にお礼を言って、再度出発した。地図に従って六ブロックか七ブロックほど進み、目的地に着いたが、それでも目当てのカフェはそこにはなかった。その頃には、食事ができる店はすべて閉まる時間になってしまっていた。つまり料理を出す店ということだ。そうした店は昼下がりになってしばらくすると店を閉めてしまう。

わたしたちは海辺まで歩き、ベンチを見つけて腰を下ろした。ビーチは狭く、ごつごつとした細長い岩や小さい岩がいたるところにあって、砂浜はほとんどなく、波も貧弱で、惰性で打ち寄せているという感じだった。岩の上にはぶかっこうな人たちや年寄りたちが大勢座っている。からだの線が崩れていない若者たちばかりがビーチにはびこるアメリカとはまるで違っていた。すると一人の女性が近づいてきて、ベンチに座っているからとわたしたちに金を要求した。

「信じられないね」とわたしは言った。

わたしたちはベンチから下りて、灰色の小さな岩の上まで歩いていった。「地中海にわたしの足を浸したいわ」とリンダが言う。この女の子は相当ロマンティックだ。彼女は靴を脱ぐと、足を浸しに行く。わたしは岩の上に座った。セリーナが隣に腰を下ろす。彼女はかなり上品ぶった女性だったが、わたしたちはウマが合っていた。彼女はわたしのことが少しはわかっていた。下品で淫らな小説を山ほど書いているにもかかわらず、強姦魔の仮面を剝げば、実は慎み深い人間だと彼女はちゃんと気づいていた。

「そうね」とセリーナが言う。「わたしもパンティ・ストッキングを脱いで、ちょっとだけ足を水に浸してみようかしら」

「セリーナ」とわたしが言う。「それはとても無作法なことだと思いますよ。賛成しかねますね」

「たぶんあなたの言うとおりね」

「セリーナ、たぶんじゃなくて絶対にそうですよ」

リンダ・リーは汚された地中海に足首を浸けて水を跳ね散らかしている。わたしがうんざりしてしまうようなことすべてをあの若い女性は楽しみ、わたしが楽しむことすべてに彼女はうんざりする。わたしたちは完璧な組合せなのだ。わたしたちの仲を取り持ち続けているのは、二人の間に横たわっている、この我慢できる、あるいは我慢できない隔たりだった。わたしたちは何一つ解決もできなければ、解決するきっかけも摑めないまま、毎日、そして毎晩会い続けている。完璧だ。

リンダ・リーが水から上がって、セリーナのカメラを手にする。

「あなたたち二人の写真を撮ってあげるわ」と彼女が言う。

「ハンク」とセリーナが声をかけてくる。「わたしの脚が見えているんじゃないかしら。わたしの脚が見えすぎだと思わない?」

「少しだけ見せればいい。少しだけ、あんまり見せすぎないようにね」

「わかったわ」

それからわたしは立ち上がって、母親と娘の写真を撮った。その次に母親が立ち上がり、娘と年を取った男友だちとの写真を撮った。みんな写真を撮るのが好きだ。わたしも嫌いというわけではなかった。写真は死に至る過程を捉えて、その瞬間を焼きつけているだけのようにわたしには思えた。確かにそれはおかしなことには違いなかった。

わたしたちは地中海での写真を切り上げた。座ってじっとしていた。そのうちちょっぴり太りぎみの若い女の子が立ち上がって、ビキニの水着の上の部分を取り外した。いい胸をしている。わたしはちらっと盗み見した。ちらっと盗み見するといって、わたしはいつもリンダ・リーに責められていた。彼女が言うには、わたしは決してまともに女性を見ようとしないそうだ。それはおおむね間違いではない。というのもまずわたしは人々はそれぞれのプライバシーを守られるのが当然だと強く思っていて、自分自身もそうされることを望んでいたし、自分が醜い男だということもちゃんと心得ていた。だから飛び越えなければならない障壁が立ちはだかっているというわけだ。しかしたまにはうまくいくこともあった。といってもすべては女性しだいだ。この前もそうで、それはパリでの最後の夜のことだった。ぶらぶら歩いていると、通りの反対側から一人の女性が現われ、彼女のからだ、彼女の着ている服、彼女の髪の毛、彼女の歩き方、それに彼女が醸し出している雰囲気でぴんときた。孤独？　そうではないのか？　いったい何なのか？　わたしにはよくわからないが、二人が近づくにつれて、お互いの思いが通じ合い、お互いの中に溶け込んでいく。それにそのまなざし。単なるまなざしなどではなく、いったい何なのか？　すれ違う時に、何かがほとばしり、セックスよりも素晴らしく、会話よりも素晴らしく、どんな出会いよりも魔法に満ち溢れている。というわけで、それほどひどいことばかりでもなかった。

それはともかくとして、ちょっぴり太りぎみの若い娘は、海の中に入っていこうとしていた。そして入っていった。わたしは乳房よりは脚に夢中になる男だったが、目の前の娘の乳房はなかなかのものだった。彼女が何の恥じらいも感じていなかったから、きっとわたしは気に入ったのだろう。彼女は得意気だったが、人を鼻持ちならない気分にさせるようなところはまったくなかった。

彼女は水の中へと進みゆき、みごとに浮かんでいる。

「見ているのね」とリンダ・リーが言った。

「ああ」とわたしは答える。

その若い娘は五分ほど水の中にいて、それから出てきた。素晴らしい乳房を見せて、わたしたちの前を通り過ぎていく。それから座り込んで、しばらくじっとしていた。二、三分ほどすると、また水着の上の部分を着け、海をじっと見つめる。素敵だった。アメリカなら、女の子が男に付き添われることもなく一人でビーチにいたりしたら、たくさんの男たちから声をかけられてしまう。それにトップレスということにしても、そんなことをする女性は強姦されたがっているのだと、アメリカの男たちは心の中で思ってしまう。彼らはことごとくからっぽで、恐ろしいほど独創性に欠けているのだ。

わたしたちはビーチを後にして、海と立ち並ぶホテルとの間を歩いていった。ニースは大したところのようには思えなかった。パティオのあるホテルに入った。コーヒーにミネラル・ウォーター、オレンジ・ジュースにトーストを注文した。アメリカのドルで十ドルか十五ドルほどになる。観光客もアメリカのドルも消え去ってしまうのだ。こんなところでわたしはいったい何をしているのか？　そうだ、わたしはニースにいるバーナード叔父を訪ねてきたのだ。どこかのフランス人のエリートがパティオに座っている。何時間も座っているに違いない。この後もまだまだ何時間も座っていることだろう。コーヒーをちびちびと飲み、煙草を吸っている。あたりをじろじろ見つめ、口元をこれ以上は無理というほどに微かに動かしている。自分たちの現状に満足しきっていて、誰かのシャツに煙草の火でできた穴を見つけでもしたら、その人はもうおしまいだ。後でホテルのスイート・ルームにもどって、女性が連れの男性に言うことだろう。「あのアメリカ人をごらんになって？　赤鼻の男よ。シャツに煙草の火でできた穴があいていたわ……」

「そうだったな」と男も応じるはずだ。「確かに見たよ……」

わたしたちは勘定を済ませて、そこを後にした。

「さてと」とセリーナが言う。「帰りのバスに乗らなくちゃ。乗り場がどこかわからないけど、きっと見つけられるはずよ」

わたしたちは歩き続けた。

「公園のそばだったわ。ここからはそんなに遠くないと思うわ」

「バーナード叔父さんに電話して、車で迎えに来てもらえばいいのに？」とリンダが言う。

「あら、だめよ。絶対に来てくれないわ」

「じゃあ」とわたしが言った。「わたしはどこかに隠れるから」

「だめよ、彼は絶対に来ないわ」

わたしたちは歩いた。歩き続けた。

「ほら、公園よ！」

わたしたちはセリーナの後についていく。すると彼女は車道に沿って続いているセメントでできた低い仕切りの上にのぼり、そこを歩いていく。道ではなかった。地面から六十センチほどの高さの、セメントでできた細い帯だった。わたしは彼女についていく。リンダ・リーはその場にじっとして、ついてこようとはしなかった。それからわたしたちは立ち止まる。「バスはここでわたしを降ろしてくれたのよ」とセリーナが言う。

わたしたちはその場に立ちつくしていた。バスが何台もやってくるものの、みんなすごいスピードで、停まろうとするものは一台もなかった。「ここがバスの停留所だとは思えないけどね、セリーナ」

「でもわたしが降りたのは確かにこの場所なのよ」

「リンダ」とわたしは道路の向こうのほうにいる彼女に大声で叫んだ。「こっちまでおいでよ。バスを待っているんだ！」

「知ったこっちゃないわ！」と彼女がわめき返す。「そっちになんて行けないわ！　殺されてしまう！　そこは歩道なんかじゃないのよ！」

「さあ、こっちにおいでよ！」

そこで彼女もやってきて、三人でそこに十分以上立っていたが、バスは何台もただ通り過ぎていくだけだ。

「ここには停留所の標識もないじゃないか、セリーナ」とわたしが言う。「きっと間違えているんだよ」

「いいわ、もう少し先に行ってみましょう」

　わたしたちは通りにもどって、また歩き始めた。いたるところにバスが停車しているものの、ちゃんと正しい標示を出しているバスは一台としてなく、わたしたちは誰一人としてフランス語を喋れなかった。それでも何かができるとすればセリーナがいちばんましで、誰でもいいからバスの運転手に聞いてみればとわたしは彼女に提案した。とっつきやすそうな丸顔の運転手を見つけ出し、彼にあたってみる。行き方を教わって、またみんなで歩き出した。だが行き方が間違っていたか、わたしたちがちゃんと聞かなかったかのどちらかだ。その場所にバスは停まってはいなかった。みんなでもう少し歩いてみた。わたしはもうお手上げだ。セリーナはまるで辛い目にあいたがっているようにわたしには思えた。どうしてなのか、わたしにはわからなかった。わたしは辛い目にはあいたくはなかった。もうこれ以上はご免だ。もううんざりしていた。次で最後の一杯にしようと決めて、早くそうしてしまおうと思うのに、いざとなるとそうしたくなくなってしまうのがわたしの常だった。ようやくセリーナがバスを見つけた。神の建造物のように威厳に満ちて停まっている。

わたしたちは抱擁を交わし、セリーナが最後の別れを告げる。彼女は今も昔の少女のままだ。

「さよなら、リンダ！」

「さよなら、マミー！」

「さよなら、ハンク！」

「さよなら、セリーナ！」

バスに乗り込む彼女をわたしたちは見守った。バスが発車し、セリーナは窓から身を乗り出して手を振っている……。

9　再びリンダの母親

午前九時半に電話が鳴った。わたしたちはとんでもない二日酔いだった。「くそっ！」とわたしが大声をあげる。「いったいぜんたいどこのくそったれだ？　こんな時間にょくもかけてこられるそいつは誰なんだ？　糞でも食って死んじまえって言ってやれ！」

電話はベッドのリンダの側にあった。「もしもし？」と電話に出る。

彼女がわたしを見る。「セリーナよ」

血筋だ、とわたしは思った。いまいましい、しゃくにさわる、どうしようもない、血縁。家族、神、国家、金。罪悪感に義務。キリスト。罪。血筋、しゃくにさわる、そしてとんでもなくひどい二日酔い、十字架に磔にされたようで、汗にまみれて、尻は臭く、腹はきりきりと痛み、喉にはどす黒くてぐしゃぐしゃの脳みそがひっかかっているかのよう。甘美な眠りだけが唯一の望み、心地よい眠りだけが唯一の治療法……。

「いい、母さん、あまりにも早すぎるわ。午後になったら来てよ。二時に来て。三時に来て……」

リンダが聞きながらわたしのほうを見る。「もうロビーにいて……待っているんですって……」

「お願いだから三十分だけ待ってもらっておくれ……」

「ママ、三十分だけ待ってね。三十分したら降りていくから……」

この前素敵なイギリス人の男の子たちが教えてくれたカフェがどこにあるのかちゃんとわかっているとセリーナは請け合った。もうしっかりと頭の中に叩き込んでいる。何の問題もない。ヴィクトル・ユーゴー通りのはずれ、東に二ブロック、北にひとつ。朝食にせよ昼食にせよ食事は彼女がご馳走してくれるということだ。わたしたちはどっちにしようか？　二日酔いの時は、当然のごとくまるで食べる気にはなれなかったが、マスターベーションをしたい気分には襲われた。わたしはいつも目がさめると、自分の一物が耳に届かんばかりだった。今はそんな元気もない。歩くにつれて、わたしの大きな二つの金玉は、お互いにもつれるだけだろう。

わたしたちは歩き出した。すぐにもどっちが東でどっちが北か、そういったもろもろのことで言い合いになった。母親と娘とは決して合意しなかった。二人で海のほうを指さしながら、ああだこうだと主張している。わたしはそこには加わらなかった。わたしは何も知っちゃいない。カフェなど行きたくない。カフェなどわたしにはどうでもよかった。見つかれば彼女たちの気分がよくなるというのなら、見つけてほしいだけだ。彼女たちにとって疎かにできないというのならそれでいいではないか。だからといってわたしが彼女たちを否定するわけでもない。わたしたちは歩き回り、北も南も、東も西もすべて歩き尽くす。もはやマスターベーションをしたい気分は失せていた。セリーナの気持ちはまったく揺るがない。カフェがちゃんとあると確信していた。わたしたちは、頭にぼろぎれを巻いて、十本の指全部に金の指輪をしている背中の曲がった女性に行き合った。彼女はとても親切だった。それにカフェがどこにあるのかも知っていた。とても素敵なカフェよ。わたしたちは彼女の後についていった。この道をほんの二ブロック先に行ったところにあるわ。ほらあと一ブロック先。看板が掲げられていて、店の名前が書かれている。ここがそうだ。近づいていった。閉まっている。わたしたちは親切なその女性にお礼を言って、また歩き始めた……。

その夕方のこと、わたしたちはホテルのロビーに座って、叔父のバーナードがセリーナを迎えに来るのを待っていた。彼は表でセリーナを待つということで承諾したのだ。もとファッション・モデルの彼の妻も一緒にやってくる。午後六時には着くことになっていた。午後六時十五分になってセリーナが言った。「もしかして道に迷ってしまったのかしら。ここは駅の反対側で、とても見つけにくい場所ですものね。バーナードは街のこっちのほうをよく知らないのよ」

わたしたちはもう少し座っていた。アイボリー色の長い車が音も立てずに通り過ぎていく。

「彼の車だったわ」とセリーナが言う。「あんな車は街には二台とないわ。バーナードだったのよ。気の毒なバーナード、このホテルが目に入らなかったのよ」

「そのうち見つけるわよ、母さん」とリンダが言う。

七、八分が過ぎた。アイボリー色の車が再び現われ、駐車している。

「彼よ！」とセリーナが言う。「彼だわ！」

「バーナード叔父さんよ」とリンダ・リーも言う。

二人とも勢いよく立ち上がった。リンダがわたしを見る。「さあ、『やあ』って言ってあげて」

「だめだ」

「『やあ』って言うだけでいいのよ、ねえ……」

「いやだ」

彼女たちはバーナード叔父を迎えようと表に飛び出していった。お金を持つということには一理あるし、血を分け合うということにも一理ある……。

わたしはロビーの椅子に座ったまま待っていた。十五分ほど待って、エレベーターで上にのぼった。部屋に入り、靴を脱いで、暗がりの中、ベッドの上で大の字になった。血筋と金、そして赤頭巾ちゃんにターザン、孤児のアニー〔ハロルド・グレイ作、一九二〇年代アメリカの同名漫画の主人公〕にピーターと狼、そしてロンドン橋は落ちて、ロビン・フッドに、市場に出かけた三匹の仔豚、靴の中に暮らしているおかみさんには自分の知らない子供がいっぱいいて、それから白雪姫、そしてわたしの母親に父親、小学校に学校の暴れ者のスタンリー・グリーンバーグ、それからわたしの初仕事、壁に対する恐怖感、勤務時間での冷血な上司、傷のついたビー玉のような目をしてわたしの隣で作業をしていた男たち、自分たちがすっかり骨抜きにされてしまったそんな仕事にしがみつくことが彼らのたったひとつの願い、それからわたしのベッドに訪れたあらゆる娼婦たち、わたしの貧弱な車の中にも、鉈のような心、またカトリックの教会にもどっている、こけおどしに食らいつき、すべてを白状し、しがみつき、クレイジー・カット〔ジョージ・ヘリマン作、一九一〇年代から四〇年代のアメリカの漫画の主人公の黒猫〕、二日酔いの子供たち、みんなで金持ちの馬鹿者どもの尻に吸いついている、身内よりも金のほうが大切、共産主義も解決できなかった、いつものように文学も役には立たず、そして秘密もばれてしまう……わたしは眠りに就いた。

リンダ・リーがドアを開ける音で目が覚めた。

「あのバーナード叔父さんときたらほんとうにいけ好かないやつだわ」と彼女が言った。

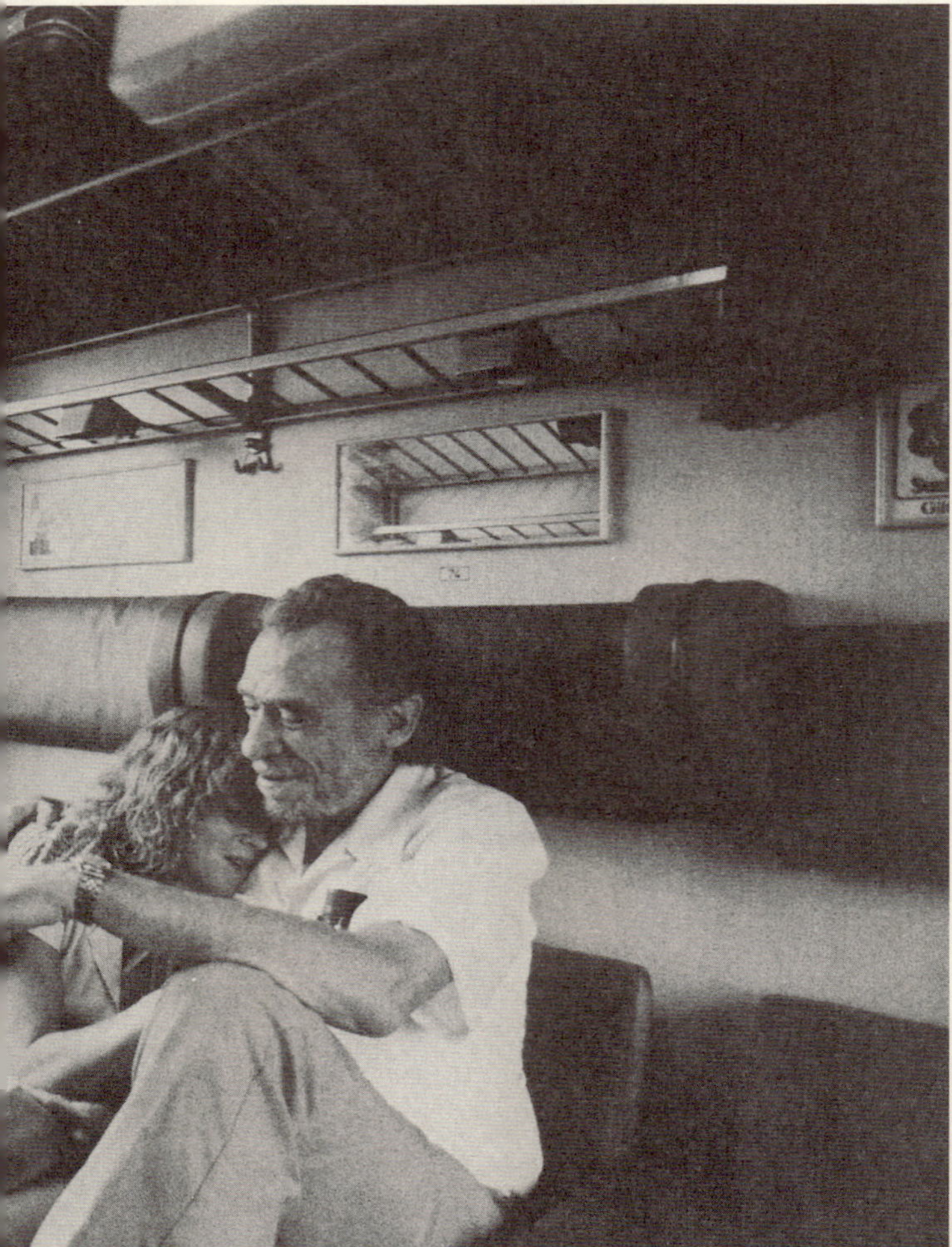

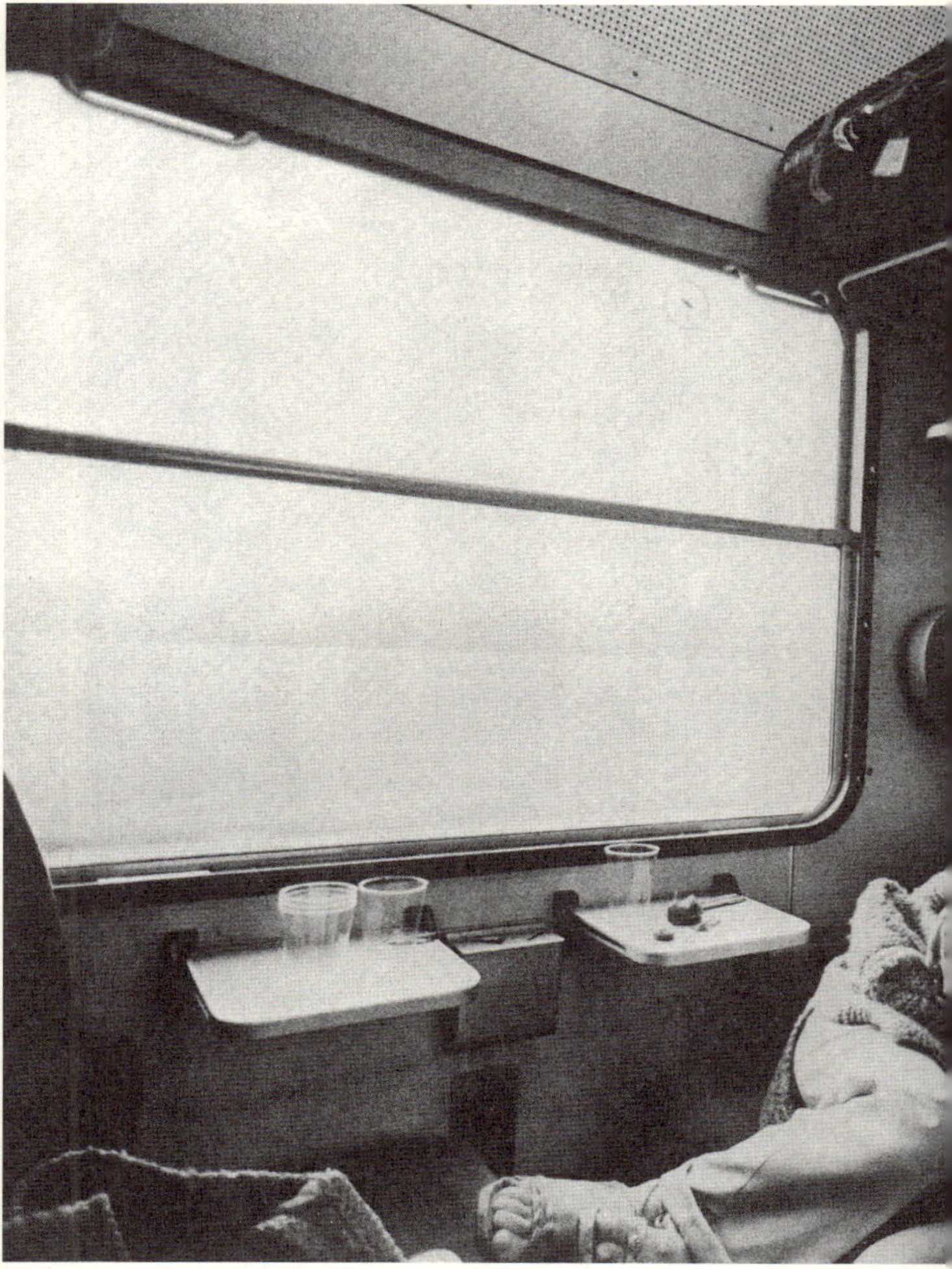

マンハイム、パーク・ホテルで。

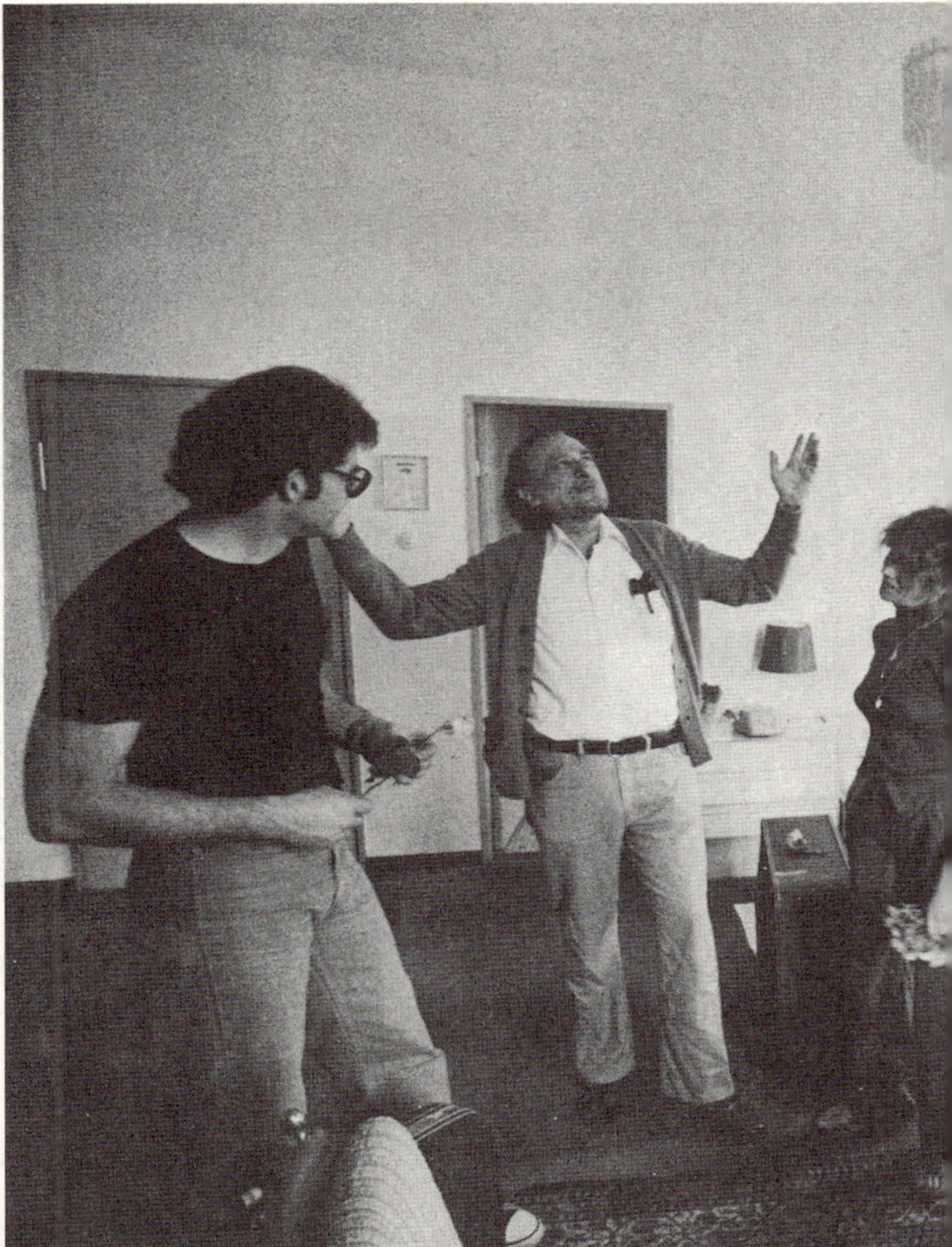

わたしたちは街へ出て、ワインをしこたま買い込んだ。

レインコートも買った。ここではしょっちゅう雨が降っている。

Langnese
Langnese

Langnese
Langnese

カール・ヴァイスナー

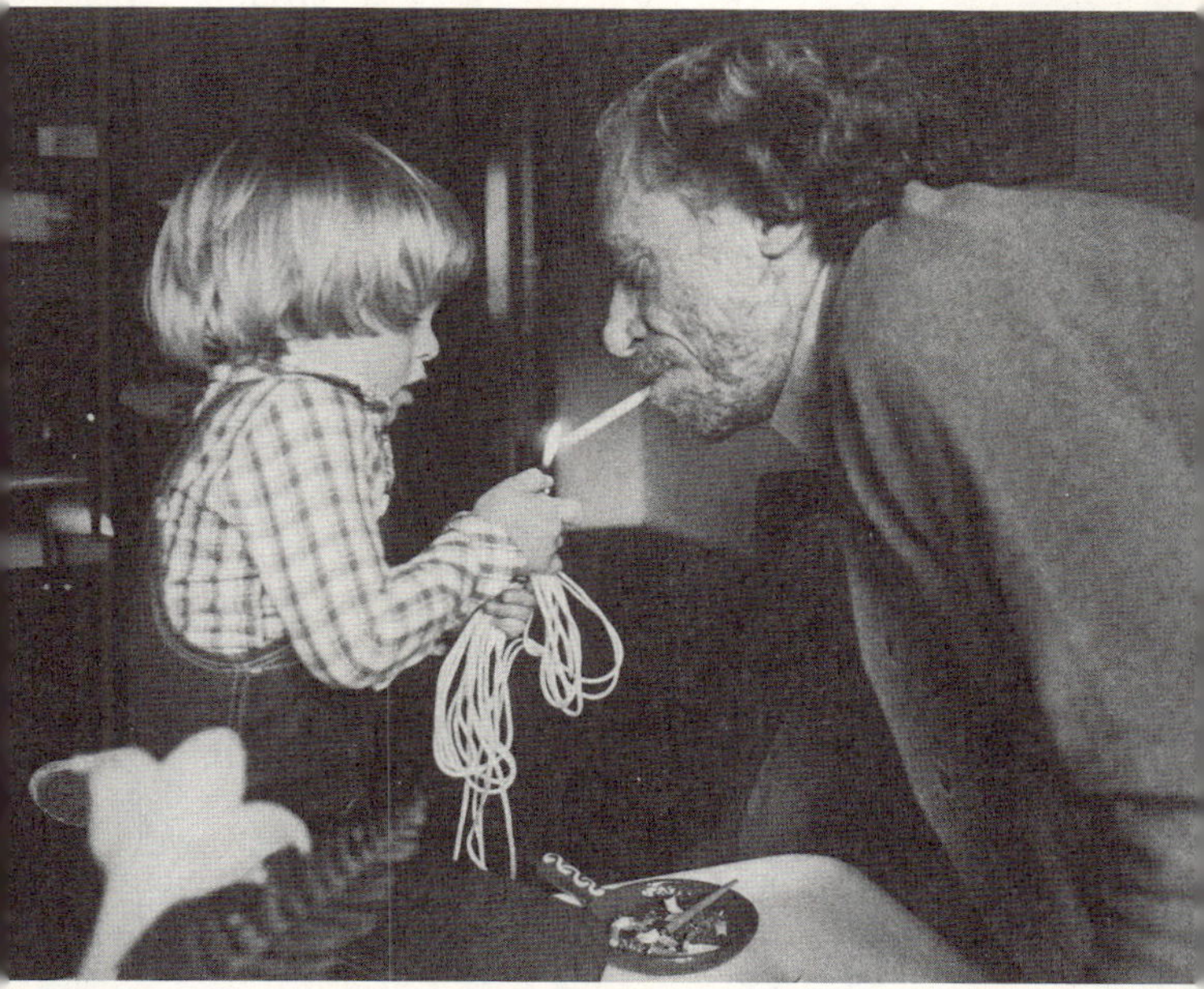

マイキーは火に心を奪われている。わたしたちの煙草全部に火をつける。
あらゆるものに火をつけたがった。

やたらと大胆でかわいいやつ、まさしくドイツの猫だ。

シュヴェツィンゲン。城とその庭は広大で、わたしたちはさんざん歩き回った。

ラーデンブルク。わたしは彼らが、
それぞれの人生の歳月に思いを馳せているのがよくわかった。

最悪の気分でわたしはモスクの中に立っていた
イスラムもマホメットもくそくらえだ

わたしたちはハイデルベルク城も訪れた。

わたしたちは運がよかった。そこにはバーがあって、世界一大きなワイン樽の一つが収められていたのだ。

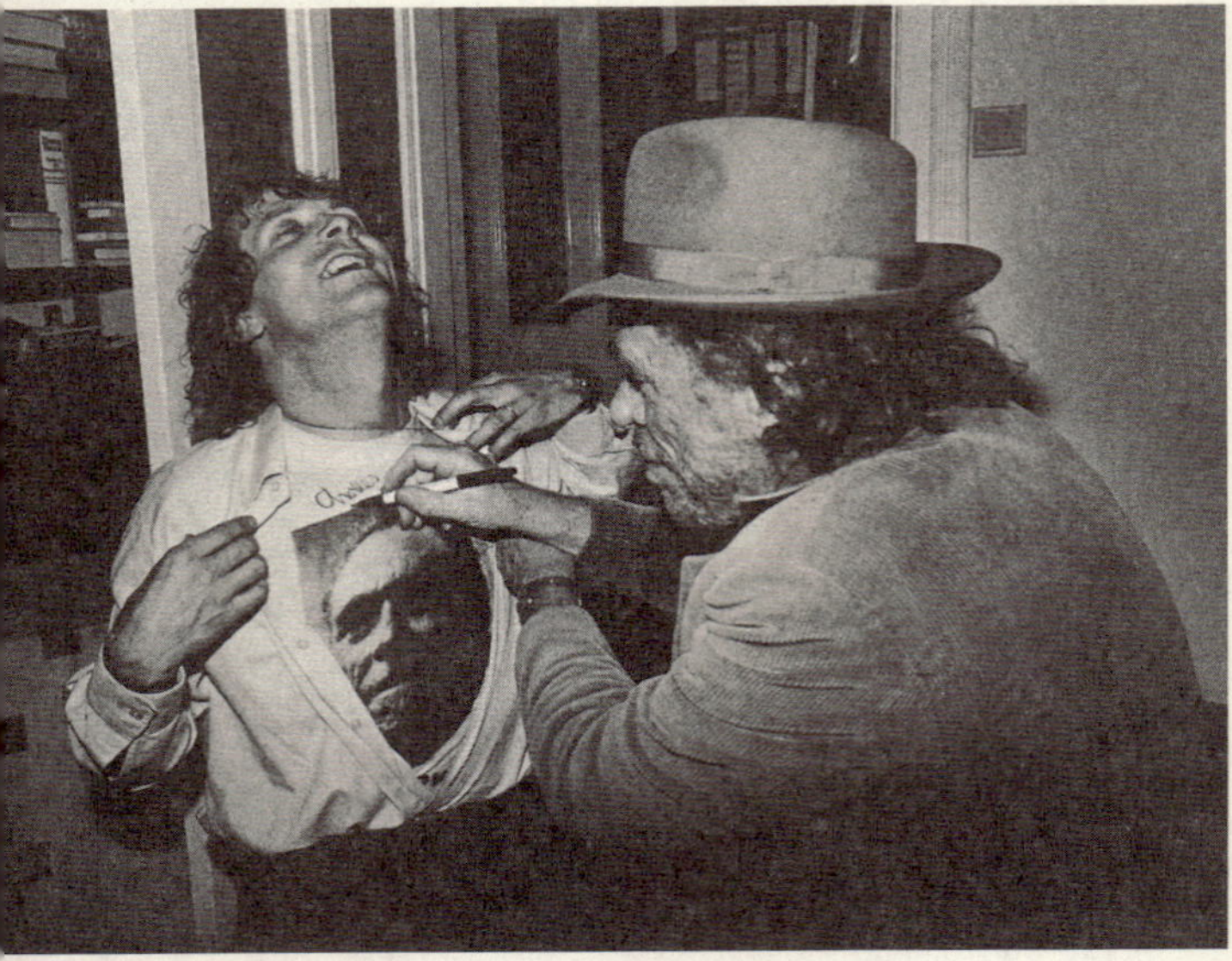

クリストフ、自称「ブコウスキーの息子」。

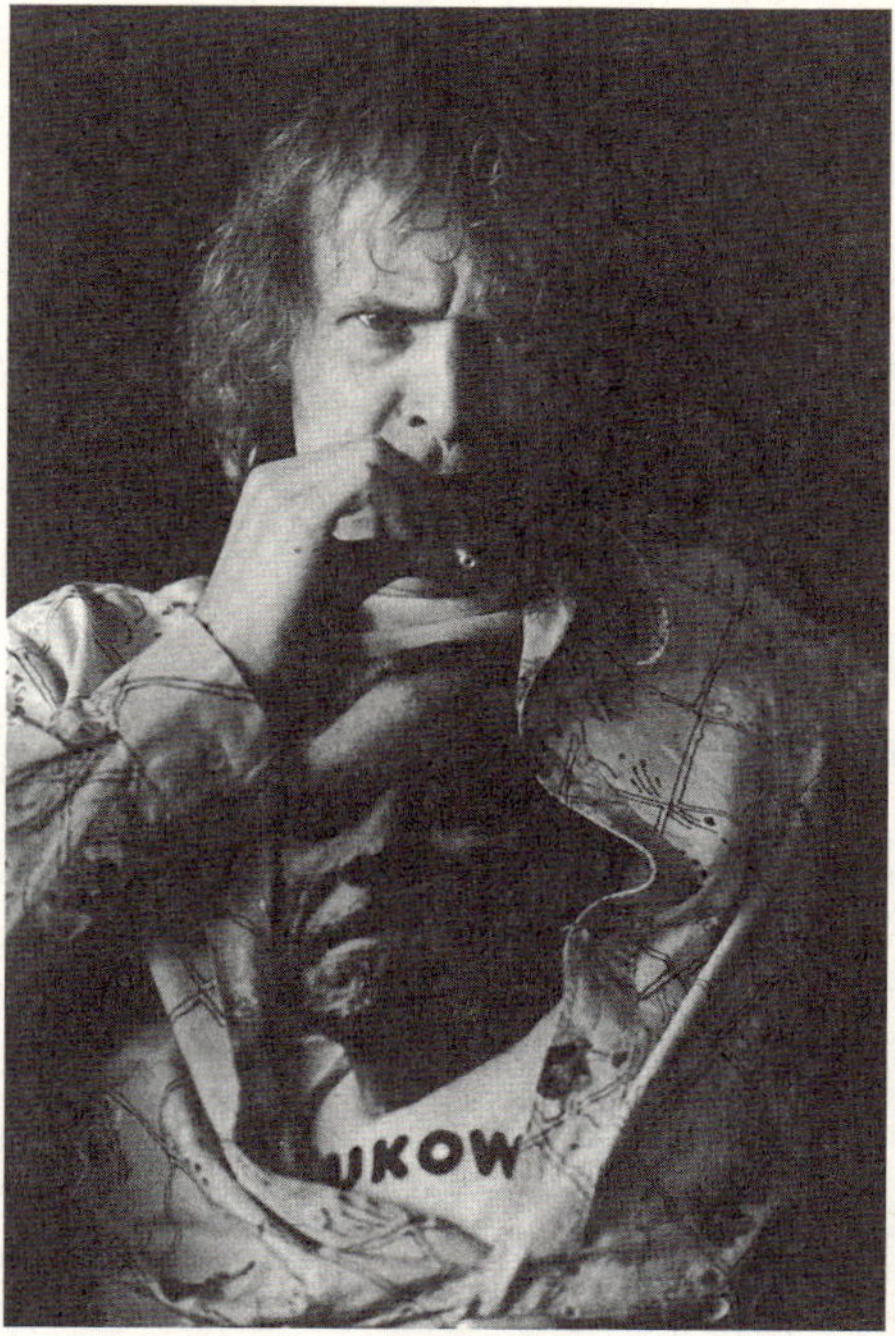
UKOW

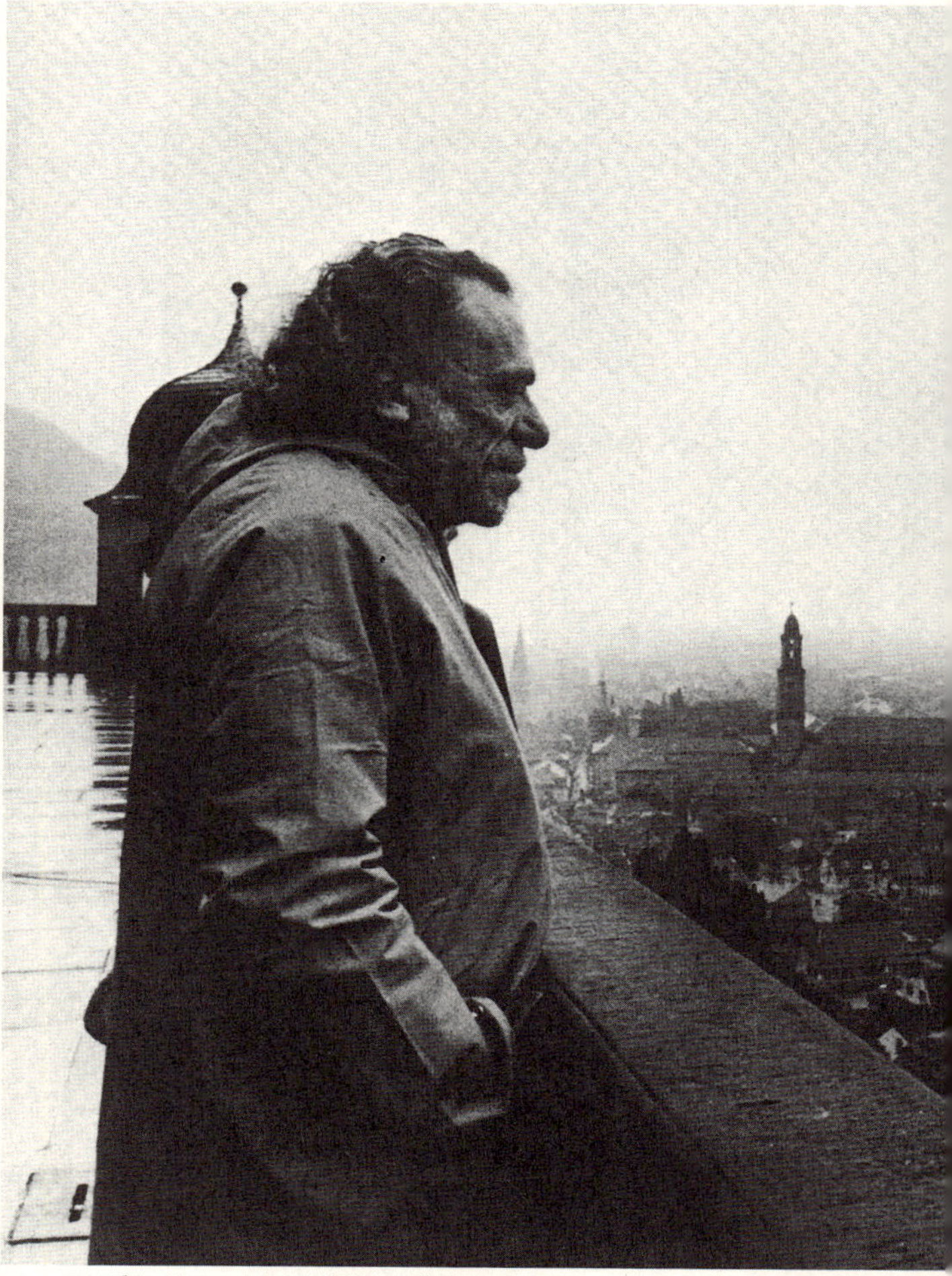

ハイデルベルク。わたしは河や村を眺めているふりをしていたが、ふらふらだった。

10 マンハイム行き列車

次の日、わたしたちはドイツのマンハイム行きの列車を見つけようと駅に出かけた。そこでわたしは友だちでドイツ人の翻訳者のカール・ヴァイスナーと会うことになっていた。わたしたちにはユーレイル・パスがある。予約を取りたかったが、マンハイム行きの列車の発車時間がわからなかったので、まずは案内窓口に行くことにした。とても長い列ができていた。案内窓口で、ここではマンハイム行きの列車の発車時間はわからないから、予約窓口で聞くようにと言われた。また別の長い列に並ぶ。予約窓口で、列車の発車時間を知りたいのなら案内窓口に行くようにと言われた。その後でわたしたちはユーレイルの案内事務所を見つけた。そこには二、三人の人がいるだけだった。ドイツのマンハイム行きの列車の発車時間は何時で、どうすれば予約ができるのかを尋ねた。そこでは扱っていなくて、わたしたちは列車案内の本部に足を運ばなければならなかった。窓口の者たちはみんな、まるでわたしたちが落ちぶれ果てた人間か気が触れた人間かのように、あるいは身も心も腐りきって悪臭をぷんぷん放っている人間かのように、これ以下はないというほどひどくて相手を見下しきった口のきき方をした。わたしたちは汗まみれで、二日酔いだったので、もしかすると実際に悪臭を放っていたのかもしれない。このまま通りに寝そべって、何もかも投げ出してしまいたい気分に襲われた。

「ねえ」とわたしはリンダ・リーに言った。「ホテルの部屋にもどって、昼も夜も何日も飲み続けようじゃないか。有り金がすっからかんになってしまうまで飲み続け、追い出されるまで居座るんだ。わたしはもう何もかもがいやになったよ」

「だめよ」と彼女が答える。「頑張ってみましょう」

そこでわたしたちは列車の駅とは直接関係がない一軒の店に入っていった。そこにはとても親切な女性がいて、線路のそばに列車の発車予定が掲示されていて、そこからみんな乗車するのだと教えてくれた。どうしてユーレイルの窓口も、案内や予約の窓口もわたしたちにそのことを教えてくれなかったのか？　わたしたちはそこまで行って、列車の発車時間を調べた。午後に出発するマンハイム行きの列車がある。歩いてホテルにもどり、荷物をまとめた。

11　マンハイム到着

わたしたちは一等車のコンパートメントを見つけて、乗り込んだ。叔父のバーナードのはからいで、十四時間の快適な旅を楽しむことができる。乗り込んでから、バーの車両や食堂車はもちろんのこと、車内販売のカートもない列車だということが判明した。食事も水も酒もなしに十四時間乗り続けることになる。新たな列車がどこかで連結される予定もない。しかしながらトイレだけはついていた。ニースはまったく行くだけのことがあるところではなかった……。

マンハイムに到着して、駅からカールに電話をかけた。

「すぐ行くから」と彼が答える。

そのとおりだった。わたしたちはパーク・ホテルに向かい、水道塔と噴水池のある公園を見渡せるスイートの二一八号室に落ち着いた。ハンブルクではポエトリー・リーディングが待ち受けている。わたしはいまだにポエトリー・リーディングが好きにはなれなかった。酔っぱらって、聴衆と喧嘩をしてしまう。朗読するために詩を書いたことなど一度もなかったが、確実に家賃のたしにはなった。これまでわたしが知っている詩人は、それもとんでもないほどたくさん知っていたが、みんな朗読をするのが好きだった。わたしは自分自身のことをいつでも、世捨て人、あるいは世間にうまく順応できない人間のように感じてきたが、仲間の詩人たちはみんなとても外向的で、社交的みたいだった。わたしは彼らが嫌いで、彼らのことを避けていた。その夜カールがわたしたちを彼の家でのディナーに招待してくれた。わたしは言った。「いいよ、でもワインを少し仕入れよう」そこでわたしたちは街へ出て、ワインをしこたま買い込んだ。レインコートも買った。ここではしょっちゅう雨が降っている。ライン河は水が溢れていた。「世紀の大洪水」と呼ばれていた。

どうやらわたしはどこへ行っても、いつでもとんでもない天候を引き起こしてしまうようだ。以前イリノイ州で朗読をした時、その翌日のこと、州は歴史始まって以来最悪のトルネードに襲われ、一月後には朗読会を取りしきった詩人が死んでしまった。ヒューストンの近代美術館で朗読をした時は、わたしが去った後に鉄砲水に襲われ、美術館も水浸しになって、百万ドル以上の芸術作品がだいなしになってしまった。カリフォルニアの芸術専門学校で朗読した時は、終わってから山の中にある教授の自宅にお邪魔し、スコッチを飲みながら教授夫人の脚を眺めていたら、屋根の上をハゲワシの群れが旋回し、そのうちの一羽が庭に降り立ってしまった。だからこそわたしはいつでも自分の朗読会には高い報酬を請求するのだ。生きて帰ってこられるかどうかまったく見当がつかないではないか。

わたしたちはカールの妻のヴァルトラウトと息子のマイキーに会った。彼らの猫もいた。マイキーは火に心を奪われている。わたしたちの煙草全部に火をつける。あらゆるものに火をつけたがった。彼は火に夢中で、火こそが答で、火こそが神だった。わたしたちは飲んで、語り合った。バーベット・シュローダーが「ココ」という自分の映画をわたしたちに見せようとマンハイムにやってくるとカールに伝えた。「ココ」はまだ劇場公開されていなかった。わたしはカールとバーベットを会わせたかった。一風変わっていて、独自のものを持っている二人の男たちだ。

わたしたちは飲みながらディナーを待った。やがてその時になると、猫がわたしの食事にありつこうとする。やたらと大胆でかわいいやつ、まさしくドイツの猫だ。そしてヴァルトラウトは美しく、思いやりに溢れている。マイキーは一時もじっとしていなくて、エネルギーの塊だ。彼がいればドイツの未来も安心だろう。ただし彼がすべてを燃やし尽くさなければの話だが。

ディナーが終わるとマイキーがベッドに行き、もう少し飲むことになった。カールも飲めるが、大酒飲みというわけではなかった。彼はわたしに合わせてくれていて、わたしたちはいい酒を楽しめた。どこへ行っても酒ほど人を寛がせてくれるものはない。酒のボトルに言葉は必要ない。数時間後、わたしたちはタクシーにむりやり押し込まれた。それでリンダとわたしとは帰りつくことができた。わたしはそのことも、それから後の夜のことも何も覚えていない。しかしわたしたちはボトルを二本ほど抱えてきていて、二人でもう少し飲み、リンダの話によると、わたしはバスルームに入って歌ったり叫んだりし始めたそうだ。まるでエコーチェンバーみたいだったらしい。

「**ブラックバード！　ブラックバード！　さよなら、ブラックバード！**」

「ブラックバードが死ぬ！　あらゆるものすべて死ぬ、死ぬ、死ぬ！」

「西瓜も犬も死ぬ！　蛙も家も！　娼婦も魚も！」

「ブラックバード、ブラックバード、ブラックバード、グッバイ！」

わたしは二十五分か三十分ほどブラックバードと歌っていたらしい。そのうちリンダがバスルームに入ってきて、わたしに嚙みついた。それでわたしはバスルームから出て、ベッドに入って眠り込んでしまった。

12　「ココ」の試写会

バーベットがパーク・ホテルにやってきて、そこでカールと対面し、みんなでワインを買いに出かけた。それからもどって「ココ」を見るために映写機を設置した。みんなどうやって映写機を操作すればいいのかわからなかった。とりわけわたしがそうだった。そこでわたしは自ら公認のワインの注ぎ役になることにした。壁は白くて、役に立ち、いよいよ映写できるようになった。

ココは雌のゴリラで、三百ものアメリカの手話を理解している。別の言い方をすれば、彼女は指の動きで、自分が何を欲しているか、自分がどんな気持ちなのかといったことを、人に伝えられるというわけだ。これは明らかに、人間と動物との関係の飛躍的な進歩だ。隔てられているもの同士が、思考や感情をもっとはっきり伝え合う方法と言えよう。

バーベットが、自分がいちばん好きな場面はココが「わからない」と言うところだと教えてくれる。

この映画は、コミュニケーションを隔てる壁が取り払われていくにつれて高まる高揚感を味わわせてくれるが、これをうまく説明するのはとても難しい。わたしがもっとも感動したのは、ココが散歩に行く時にセーターを着たいと要求するところだったと思う。

「これかな」とココが尋ねられる。

「違う」と答える。

「こっち?」

「違う」

「それなら、どれなの?」

「赤いやつ」とココが言う。

火星に話しかけているようなものだ。木に話しかけているようなものだ。畏怖の念を抱かせられ、恐ろしくもあり、神々しくもある。もし神がそこにいたら、神に対するいたずらと思ったかもしれない。あるいはひょっとしたら神は祝福を与えてくれたかもしれない。いずれにしても、作品は刺激に満ちたもので、わたしは飲みすぎてしまった。そこが酒の厄介なところだ。興奮させられると、人は飲みすぎる。うんざりさせられると、人は飲みすぎる。ついていると、人は飲みすぎる。ついていないと、人は飲みすぎる。そんな調子だ。それはともかくとして、この映画が成功しないのだとしたら、わたしが思っている以上に人間性そのものがおかしなことになっているということなのだろう……。

バーベットはパリにもどらなければならず、その夜の残りは飲んで費やすことになり、みんなの中でわたしがいちばん酔っぱらい、カールとバーベットに、繰り返し喋り続けていた。彼らがどれほど素晴らしい男たちか、あたたかくて本物の男たちで、わたしの唯一の男の友だち、王子で王様で大いなる浮浪者で、とにかく最高で、わたしの友だち、わたしの友だち、リンダも二人を愛しているに違いない、リンダも二人を愛している、魅惑に満ちてぶっとんでいるわたしの仲間たち、きみたちがわたしに自信と希望とを与えてくれた、それまではほとんどなかったというのに、きみたちと知り合えた幸運はいつも太陽の光の恵みを浴びているかのようで……。

すべてほんとうのことだったし、今もそうだ。

13 シュヴェツィンゲン城

ハンブルクでの朗読が迫ってきていたが、リンダは城に行きたがった。最初に訪れたのは、シュヴェツィンゲンの城だった。わたしはとても気分が悪かった。飲みすぎて酒にやられているだけだったが、寒気にも襲われていて、車から毛布を持ち出して、それでからだを覆っていた。

城とその庭は広大で、わたしたちはさんざん歩き回った。そして向こう岸が見えない湖に出くわした。かつては湖のほとりでパーティが開かれたのだろう。お巡りが来る心配もないわけだ。人は頂上まで上りつめると、後はもっと金を集めて、もっと権力を手に入れることぐらいしかやることがなくなってしまう。酒を飲んで、食べて、セックスをして、麻薬をやって、人を殺すことに明け暮れるしかない。ここでも乱痴気パーティが行なわれ、花火を打ち上げ、夜空を明るく照らし出し、動物たちを空に向かって放り上げていたのだろう。猪に豚、鹿、何でも手当りしだい、男たちは天高く舞う動物たちを自分たちの武器で仕留めようとする。ことによると、彼らは人間だって放り上げていたかもしれないではないか。しかしわずかな名誉もあった。そのような空中サーカスから生還したものは、二度と再びその種のことをやらされることはなかった。

　ドイツ人の一群がわたしたちと一緒にいて、そのドイツ人の団体も城や城の庭を気に入っていた。湖に沿って歩いているうち、突然わたしは湖の中に飛び込みたい気分に襲われてしまった。

　みんなが感心したりすることにわたしはまったく感心できず、ひとり取り残されてしまったりするのだ。例を挙げていってみると、次のようなことが含まれる。社交ダンス、ジェット・コースターに乗ること、動物園に行くこと、ピクニック、映画、プラネタリウム、テレビを見ること、野球、葬儀への参列、結婚式、パーティ、バスケット・ボール、自動車競走、ポエトリー・リーディング、美術館、政治集会、デモ、抗議運動、子供たちの遊び、大人の遊び……。ビーチや水泳、スキー、クリスマス、新年、独立記念日、ロック・ミュージック、世界の歴史、宇宙探検、ペットの犬、サッカー、大聖堂、優れた美術作品といったことにも、わたしはまるで興味を引かれなかった。

　ほとんどどんなことにも興味を引かれない人間が、どうしてものを書くことができるのか？　どっこい、わたしは書いている。わたしは取り残されたものについて書いて書いて書きまくっている。通りをうろつく野良犬、亭主を殺す人妻、ハンバーガーに食らいつく時に強姦者が考えたり感じたりしていること、工場での日々、貧乏人や手足を切断された者、発狂した者がひしめく部屋や路上での生活、そういったたわごと。わたしはそういったたわごとをせっせと書く……。

わたしたちはどこまでも歩いた。

モスクに辿り着いた。生焼けの七面鳥のような匂いがする。

「靴をお脱ぎください」と表示されている。わたしたちは靴を脱いで、靴箱の中に入れた。中には老女がいる。たくさんの人が訪れるこの場所の管理人で、彼女だけは靴をはいていて、そのくるぶしは細くてぺったりとしていて、尻は弛んで、冴えない表情をしている。会堂でずっと人生を過ごして、生気を抜かれてしまったのだ。ドイツ人の一団はモスクを気に入っていた。顔を上げて頭上の美術作品を見上げ、うっとりさせられている。

最悪の気分でわたしはモスクの中に立っていた。イスラムもマホメットもくそくらえだ。わたしは毛布にくるまって立ち、不運に見舞われ、時間を潰している。説教壇の上にローブが何枚かかけられている。神聖なもののように思えた。調子を取りもどしてまた行動に移るには、手始めにビールが必要だ。その時敷物の上に最新型の電気掃除機が置かれていることに気づいた。それにモスクの裏のほうには、オレンジ色のブルドーザーがとまっている。いずれにしても、それからすぐにわたしたちはモスクも城そのものも後にした……。

14　ハイデルベルク城

次の日はハイデルベルクで別の城だった。わたしは映画も一本持ってきていた。わたしの短編小説のひとつをもとにしてサンフランシスコの若者が作った映画だ。彼は自己流の解釈を差しはさむことなく、話の内容にしっかりと従っていると思った。そうしたことができるのは、老いも若きも含めて、ほんの一握りの映画作家だけだ。わたしはハンブルクでの朗読の後でフィルムを上映するつもりだったが、まずはカールに見てもらいたかった。ドイツ人が内容をどれだけ把握できるかどうかわたしにはよくわからなかった。レンタルした映写機をわたしたちはすでに返却してしまっていたが、映写機を持っているハイデルベルクの学生たちをカールが知っていた。階段をのぼってフィルムを運び込むと、彼らが待ち受けていた。素敵な青年たちだ。みんなきれいな目をしている。いい目をした青年たちが三、四人いて、赤ワインも用意されていた。

映写機がスタートし、わたしたちは映画を鑑賞した。上映が終了する。

「どうだった、カール？」

「たいしたもんだ、上映しようよ」

「わかった」とわたしが答える。「そういうことなら赤ワインをいただくことにしようじゃないか」

「あんなにいっぱい、飲み始めるにはまだ早すぎるわ」とリンダ・リーがわたしに忠告する。

わたしは彼女に向かってボガートのような表情を作り、口いっぱいに溜まっていた煙草の煙を吐き出し、背の高いグラスにワインを注ぐ……。

素敵な目をした青年たちは、わたしたちと一緒にハイデルベルクの城に出かけた。行く途中、わたしの著書がほとんど揃っている書店に連れていかれた。しかしその場に足を運んで、自分の本を見つめてみると、うれしいというよりも気恥しい気持ちのほうが先に立った。そんなことをしたいがために書いたわけではない。もちろん工場勤めから抜け出せてよかったが、そういうことは一人で、とりわけ朝ひどい気分で目が覚めた時などに、ベッドの中でひっそりと祝うものだ。

その店から出ようとすると、カウンターの後ろにいた女店主が飛び出してきて、わたしに話しかけてきた。「あなたはわたしがとこしえに愛することのできる男の人ですよ！」「むむ、ありがとう」とわたしは答えた。

こうしたことをするように彼女を仕向けたのは、写真家のマイケルの仕業だった。マイケルがみんなの関心をわたしに向けさせている。レインコートのセールスマン、クリーニング店の店員、カフェにいる客たち、タクシーの運転手、それにロック好きのティーンエイジャーの少女たちまで。彼は自分のカメラで写真を撮ることに飽きてしまっているのだ。その書店では、マイケルとドイツ人の詩人のクリストフがわたしたちに合流した。わたしのツアーの行程は前もって作り上げられていて、わたしはそのとおりに動き、どこでもつかまえられるというわけだった。わたしは自分が生まれた国のドイツを訪れているアメリカの作家というよりは、ただの観光客のような気分になってきた……。

　そこでわたしたちはハイデルベルク城のあたりをうろつき、ハイデルベルク城も訪れた。わたしたちは運がよかった。そこにはバーがあって、世界一大きなワイン樽の一つが収められていたのだ。みんなでテーブルについて、一緒にワインを飲んだ。目が魅力的な青年たち、カール、マイケル、リンダ・リー、そして自分のことを〝ブコウスキーの息子《サン》〟とも〝ブコウスキーの太陽《サン》〟とも呼んでいるドイツ人の詩人、クリストフ。いつ見ても彼はブコウスキー・Tシャツを着ている。以前彼が着ていた時にわたしがサインしてやったものだ。彼はいいやつだ。熱狂的で、いつも浮かれてはいるものの、それが人にいやな感じを与えるというようなことはまったくなかった。

　わたしたちはもう少し飲んで、樽の上を歩き回ったりした。クリストフが樽の上で跳びはねる。彼は大喜びだ。そのとんでもない樽にはひとつだけ難点があった。中身がからっぽだった……。

それからわたしたちはライン河を見渡す景色の美しいところで撮影するために上のほうまでのぼっていき、マイケルは「もっと近くに寄って」と言い続けた。酔っぱらいや二日酔いの人間はみんな、平衡感覚を失ってしまっているということが彼はわかっていないのだ。わたしは河や村を眺めているふりをしていたが、ふらふらだった。わたしたちは六百メートルほどの高さにいて、パラシュートもなく、カメラがカチャッ、カチャッ、バシャッ、バシャッと音をたてている。そこから下りられた時は、ほっとした。

素敵な目をした青年たちは、それぞれ家に帰っていった。帰って爆弾を作るのか、ガールフレンドと、あるいは男の子たち同士で時を過ごすのか。それとも映画を作るのか、人生について語り合うのか、はたまたソーセージをいためるのか。彼らの瞳の輝きはいったいいつまで保たれるのだろうか?

わたしたちは車で村の居酒屋へと乗りつけた。そこでは年寄りの男たちがなかなかいかした平べったいテーブルの前について、ビールを飲み、自分たちの人生に思いを馳せている。みんなとても穏やかだったが、とても現実的だった。リンダ・リー以外に、そこには女性は一人もいなかった。年寄りの男ばかりだ。わたしはアメリカのバーのことを、少数の女性たちがアメリカのバーではどんなふうに座を占めているかといったことを思い出した。わたしは年を取ったドイツの男たちが気に入っていた。彼らはめいめい別のテーブルについて、お互いに口をきいたりしない。みんな赤ら顔をしていたが、わたしは彼らが、それぞれの人生の歳月に思いを馳せているのがよくわかった。歴史のこと、過去や現在について。死を待ち受けているだけだが、とりたてて急いでいる様子もない。思いを馳せることは、まだまだいっぱいあるのだ。

15　ハンブルク到着

いよいよハンブルク。朗読会のことがわたしに重くのしかかる。急所を握られているという感じだ。たわごとをくぐり抜けて生き延びる。わたしは十年か十五年ほどの間、これ以上はありえないという最悪の状況のもと、すなわち、飢餓、留置場、性悪女、もしくは女なし、とんでもない仕事、もしくは仕事なしといったことを経験しながら、アメリカでのらくら生活を送ってきていた。国じゅういたるところで、想像できるかぎりもっともさもしいバーのカウンターに座り、使い走りをしたり、喧嘩をしたりしていた。喧嘩は負けることも勝つこともあったが、たいていはわたしが負けていた。ほとんどの喧嘩でわたしが負けてしまったのは、栄養不良で、いつも酔っぱらっていて、喧嘩そのものにあまり興味を持てなかったからなのだろうが、ほかに何もすることがない時も多かったのだ。わたしはへたくそなエンタテイナーで、道化師だったから、ただ酒にありつくためには、あれこれと小細工をしなければならなかった。

ある点からみれば、喧嘩はわたしにとって珍奇なものでもあった。ほんの些細なことで人はそこまで腹を立てられるものかと、驚かずにはいられない。たいていわたしは機械的に喧嘩を始め、ただ楽しむためだけにやっているのだが、つっかかってくる馬鹿な相手のほうは真剣で、完全に入り込んでしまい、見事なほどに集中して、わたしを殺そうと躍起になったりする。

その頃にはわたしは自分が同類の男たちとは違っていることに気がついていて、何とかしたほうがいいと思っていた。

二、三度自殺を試みたこともあったが、それぞれ別の理由で失敗していた。わたしは有能なプロの自殺者ではなかったのだ。

若い時にわたしが何度も何度も繰り返し父に言われていたとおりだ。「おまえには意欲というものがない。何の野望も持っていない。やる気というものがまったくないじゃないか！　ヘンリー、そんなことでどうやって成功するつもりなんだ?」

父がそう言うのは、決まって夕食の前だった。わたしは必ず消化不良をおこしてしまう……。

詩が詰まった肩掛け鞄を携えてハンブルクへ向かう車中で、飲み物を売りにくる車内販売のカートを待っていた。一台はあるはずだと教えられていたが、一台も載っていなかった。わたしはワインとビールとを求めて食堂車を目ざした。平服姿のドイツの若い兵隊たちが、酔っぱらって、大声をあげながら、通路を駆け回っている。みんなと一緒にいることで気が大きくなり、若いということでも気が大きくなり、兵士でいるということで男らしい気分を味わっている。彼らの姿を見ていて、アメリカの海兵隊員の一団を思い出した。軍隊の暴れ者から逃れるすべはない……。

ドイツ人の仲間が待ち受けていて、二、三台の車に分乗した。雨の中、駅を出発すると、雨の中、車のフェンダーの上に寄りかかっているのはハンブルクの娼婦たちで、客を待っている。

やあ、娘たち、ほら、またカモがやってきたよ……。

ホテルの部屋に着いて、またみんなを騙せるかなと不安になりながら詩の束を取り出す。すると電話が鳴った。カールからだ。マルクトホールに行ってマイクをチェックしたり、いろいろと様子を見たほうがいいんじゃないかと彼が言う。わかったと答えると、彼が車でやってきた。マルクトホールに着いて、リンダ・リーとわたしは車から降り、傾斜した道をのぼっていった。わたしたちは待ち受けられていた。テレビ・カメラの列に迎えられ、新聞記者が質問をしてくる。そんなことがあるとはわたしは思ってもいなかった。まるで政治家になったようだ。傾斜した道をのぼっていくわたしたちを、テレビ・カメラやカメラのフラッシュが追いかけ、レポーターたちは手にした小さなメモ用紙の上に、自分たちがした質問に対する答を書き留めている。わたしは幾つかの質問に答えてから、手を振って彼らを追い払った。

中に入って、またつかまってしまった。オーストリアのニュース専門局からきた女性だ。テーブルと照明が用意されている。わたしは座った。誰もが詩以上のものを求めるが、それは意味のないことだった。というのも詩がすべてを物語っているからだ。師や教祖になりたがる作家が多すぎる。みんな自分のタイプライターを忘れてしまっている。

若い女性がわたしを見つめる。「いくつか質問をさせていただきたいのですが、ブコウスキーさん」

「話す前に、まずはワインのボトルだ」

彼女が仲間の一人に合図をすると、その男が駆け出していく。すぐにも赤ワインのボトルを抱えてもどってくるが、ひどいワインだ。グラスを一口啜り、すぐに吐き出してから言った。「よし、いいぞ、始めてくれ」

彼女はウィメンズ・リブや政治に入れ込んでいた。わたしをまごつかせられるはずだと、こちらを罠にかけるようなちょっとした質問をぶつけてくる。まごつかせられるほどのものは何ひとつなかった。質問は退屈で見えすいたものばかりだ。もしかすると答もそうだったかもしれない。わたしはどうでもよくなって、眠くなってきた。ワインは吐き気を催させる。やがて頭上で「絞首台へのマーチ」が流れ出す。自分が高校の卒業式にいるような気分になってきた。ジッパーを下ろして、自分の金玉を弄びたくなる。照明が熱い。わたしは気にもかけなかったし、努力もしなかった。そうだと答え、違うと答え、多分と答え、それからこう答えた。「わたしは自分の母親とやったりしないよ。彼女はもう死んでいるんだ。骨がこすれてわたしの皮膚がすりむけてしまう。でも母親と性交している夢を一度だけ見たことがあるよ。わたしがこれまで体験した中で最高の夢精だった……」いや、そうだ、違う、違う。「トーマス・カーライルが、蝶々夫人が、潰された皮も入っているオレンジ・ジュースが好きだね。わたしが好きなものは、赤いラジオ、洗車、潰れた煙草の箱、それにカーソン・マッカラーズ」違う、とんでもない、いや、当然そうだよ。「ミック・ジャガー？　だめだ、彼の口が嫌いだね」「ボブ・ディラン？　だめだよ、彼の顎が嫌いだ」

そしてインタビューは終了した。

わたしは立ち上がって、カメラや照明、マイクやその他もろもろのことをチェックしにいった。すべて問題ない……。

その夕方わたしたちはクリストフの家で、ほとんど誰もがビールをのんびりと飲んでいた。すると赤毛のリベラリストで、政治的信条はさておきわたしは気に入っていたのだが、ペギーという女性が、わたしが六時のテレビに出演すると教えてくれた。テレビのスイッチを入れる。ちっぽけなポータブル・テレビだったが、あることはあったのだ。「有名なアメリカの作家がドイツを訪れています」みんなわたしをノーマン・メイラーだと思っている。自分の国でわたしの著書は初版で五千部しか印刷されないことを、彼らはまるでわかっていないのだ。画面にはわたしが映っている。マイクをチェックするために、リンダ・リーと一緒にマルクトホールへと続く傾斜した道をのぼっている。わたしの面前に何本ものマイクが突きつけられる。わたしは二日酔いでいらついている。神髪の毛が風に乱れている。「違うね」とわたしは答える。「政治的信条など何もない。時には女たちもいない。そんなものはこれっきりしも……。そう、わたしは女が好きだ。時には女たちを愛してしまうことさえあるが、しあわせなひとときを過ごせるようになることにはまずならない……。わたしがものを書くことの意味はだって？ そうだな、聖職者たちを勃起させるためかな……。ドイツ？ わたしは何ひとつ知らないんだ……。何だって？ ああ、わたしはセリーヌにクヌット・ハムスンが好きだよ。ヘミングウェイ？ そうだね、書き方を知っていたかもしれないけど、笑い方は知らなかったね……。いや、特に言いたいことなんてわたしには何もない……。わたしたちは叔父に会いにやってきたんだ。彼は九十歳で、アンデルナッハに住んでいる。一九二〇年八月十六日にわたしが生まれたところだ。わたしたちは自分の本の売上げを増やすためにやってきたんだ、金持ちになるためにやってきた……。わたしたちは城をいくつか見ようとやってきた、わたしは城が大好きでね……」

いかにも本物で確かそうではないか。しかし、そんなものはいくらでもある。墓石をはじめとして。それから小さなテレビの画面は別の人間に切り替わった。

16　ハンブルクの朗読会

その夜、マルクトホールの入場料は十マルクだった。入口にいた男は、わたしからも入場料を取ろうとした。朗読するのはこのわたしだと彼に言ってやった。

三百人が中に入ることができずに追い返されたと後で知らされた。椅子席八百の会場にわたしは千二百人も動員していた。以前同じ会場でギュンター・グラスが朗読した時は、三百人しか集まらなかったそうだ。もちろん、だからといって、わたしのほうが優れた作家だということになるわけでは毛頭ない。単に大衆が何を求めているかというだけの話だ。ビリー・グレアムやボブ・ホープなら、会場にはフットボール・スタジアムが用意されなければならなかっただろう。

わたしは中に入っていった。とんでもなく煙くて、立ちのぼる煙草の煙がはっきりと見て取れる。酔っぱらったり、ぶっとんでいる聴衆もいれば、しらふの聴衆もいる。やたらと興奮して騒ぎたてている者もいる。席はすべてふさがっていて、通路にも人が座り込んでいる。頭上の梁の上によじ登っている者たちもいた。暑くて、酸欠状態だ。わたしたちは後ろの席にいて、何とか中に入り込んでいこうとしていた。わたしが朗読することになっているテーブルは遥か下のほうにあって、煌々と照明があたり、まわりをテレビ・カメラやマイクが取り囲んでいた。

会場を埋めつくした聴衆は、わたしを見ようと、わたしを聞こうと、身を寄せ合っている。誰もが魔法の瞬間を、何か奇跡が起こるのを待ち受けているのだ。わたしは気弱になってしまう。競馬場にいればよかった、家でのんびりと飲んでいればよかった、ラジオに耳を傾けていたり、猫に餌をやったり、何でもいいからやっていればよかった、眠っていればよかった、車にガソリンを入れていればよかったと思わずにはいられない。まだ歯医者に行くほうがましだ。不安に襲われて、わたしはリンダ・リーの手を握りしめる。戦いの幕が切って落とされたのだ。

「カール」とわたしは呼びかける。彼はすぐそばに立っている。「カール、飲むものがほしい。今すぐに」

すべて見抜いているカールはちゃんと了解している。わたしたちの真後ろ、少し上に上がったところに小さなバーがあった。手すり越しにカールが飲み物を注文する。すし詰めの聴衆は、まるで獣のようで、じっと待ち受けていた。

飲んで少しは楽になった。飲み物を手にしているだけでも休まる。その場に立ちつくしたまま、わたしは飲み干した。それからステージに辿り着こうと、人の群れの間を押し分けていった。なかなか前に進まない。人の間を無理やり通り抜けるか、上をまたいで行くしかない。みんなの肩と肩、尻と尻とがぴったりとくっついている。いつもは吐いてから朗読を始めるわたしだが、今はそれすらできない。わたしに気づく人たちもいて、手が差し伸べられ、その手には決まって酒の瓶が握りしめられている。どの瓶からも一口いただきながら、下のほうへと降りていった。

ステージに近づくにつれて、誰もがわたしのことに気づき始めた。「ブコウスキー！ブコウスキー！」自分がブコウスキーだとようやく信じられるようになってきた。こうでなければならない。ようやくテーブルに辿り着いた時、何かがわたしの中を駆け抜けていった。わたしの不安は消え去った。わたしは席に着き、クーラーに手を伸ばすと、ドイツのおいしい白ワインのボトルの栓を抜いた。インド煙草のビーディに火をつける。ワインを一口味わい、肩掛け鞄の中から自分の詩や本を取り出す。ようやく落ち着くことができた。わたしはこれまでに八十回もこなしてきているのだ。もうだいじょうぶだ。マイクの位置を確かめる。

「やあ」とわたしは言う。「もどってこれて、うれしいよ」

もどるのにわたしは五十四年かかったわけだ。

ドイツ人の痩せた若者が突然ステージに駆け寄ってきて、わたしに罵声を浴びせる。

「ブコウスキー、でぶのくそったれめ、この野郎、どすけべじじい、てめえなんか大嫌いだ！」

こうした手合いの出現にはいつでもリラックスさせられる。詩が持つ神聖さとやらを消し去ってくれる。アメリカにもドイツ人の痩せた若者のような輩がたくさんいた。

グラスのワインをもう一杯飲んでからその若者を見遣ると、彼はずっとわたしに向かってわめき続けている。わたしはいつもこう言っていた。みんなに憎まれるようになれば、そこで初めて自分がちゃんと仕事をやってのけていると気づくことができる。

わたしは膨大な数の聴衆を見渡し、彼らに尋ねた。「火が出た時の用心に、いちばん近くの非常口がどこにあるのか、誰かわたしに教えてくれないかね？」

わたしは、朗読をカール・ヴァイスナーに捧げることにした。すると誰かが大声で呼びかけた。「あんたのガールフレンドはどこにいる？」

そこでわたしは頼む。「リンダ・リー、どうか立ち上がってくれませんか？」

彼女がぴょんと立ち上がり、手を振ってちょっとおどけてみせる。赤みがかったブロンドの髪で、とてもきれいだ。

それからわたしは、痩せたドイツの若者が目の前でわめき続けているのにもかかわらず、最初の詩にとりかかり始めた。すぐにも誰かがわめき続ける若者をうんと後ろのほうまで引きずっていく。彼はその場でわめき続けた。わたしは自分を誹謗する人間に穏やかに対処しなければならなかった。以前、ナイトクラブに出演していた時、誰かの野次に応えて思わずわたしは、「そいつをほっぽりだしてしまえ！」と言ってしまったことがある。冗談で言ったつもりで、わたしはすぐにも次の詩にとりかかったが、後になって、野次った男はクラブの三人の大柄な用心棒たちに無理やり椅子から引きはがされ、裏口へと連れていかれて、ゴミ缶の中に投げ込まれてしまったと教えられた……。

わたしは詩と詩の間で聴衆に話しかけながら朗読を続けた。それにワインもたっぷりと飲んだ。ただだったからだ。酒を飲んで金を支払ってもらえるとは、セックスをして金を支払ってもらう以上に、驚くべきことだ。わたしは読み続けた。飲み続けた。

その夜のドイツの聴衆たちはどこか違っていた。わたしは書店を手始めに、それから大学、そしてナイトクラブとさまざまな場所で何度も詩の朗読を行なってきた。家賃がどうしても必要な時は、それで賄うこともできた。そこでの聴衆は、ちょっと変わった特殊な詩を好んだ。わたしがロック・バンドと張り合うナイトクラブでは、特にそうだったと言える。彼らは声をあげて笑えるような詩を求めていた。海辺の近くのある店の持ち主は、しょっちゅうわたしに電話をかけてきた。「ねえ、あんたはわしが仕込んでいるロック・バンドよりもずっと人気があって、人を集めることができる。毎週、木曜、金曜、土曜の夜にあんたに出てもらいたいんだ」同じ歌は何度でも聴くたびによくなっていく可能性があるのに、同じ詩は聴くたびにどんどんひどくなっていくだけだということに彼は気づいていなかった。

ハンブルクの聴衆は奇妙だった。笑える詩をわたしが読むと、彼らも笑うのだが、シリアスな詩を読むと、彼らはより熱烈に拍手喝采した。文化がまるで違うのだ。もしかすると二度の大戦に続けて負けたからかもしれないし、自分たちの親の街が爆弾ですっかり焼け野原にされてしまったからかもしれない。わたしにはよくわからなかった。わたしの詩は知的なものではなかったが、中にはシリアスでとんでもないものもあった。聴衆が理解してくれたというのは、まったくはじめての体験だった。おかげでわたしはすっかり酔いがさめてしまい、それでもっと飲まなければならなくなってしまった。

わたしは朗読を終えて、聴衆に感謝の言葉を述べた。すぐにも目の前に人の山がたちはだかり、自分の本にサインをしなければならなくなった。会場の暑さは想像を絶している。しかしここでもドイツの聴衆たちは違っていた。彼らはわたしの著書を持っているのだ。ナイトクラブでは、ほとんど誰もが紙ナプキンにサインをしてほしいと言ってくる。十五分か二十分が過ぎて、わたしはもう勘弁してほしいと情けを乞うた。もうこれ以上一冊もサインできないとみんなに告げたのだ。

わたしたちは何とかオフィスに逃れたが、なおも聴衆は追いかけてきて、窓ガラスに鼻を押しつけ、座ってシャンパンを飲んでいるわたしたちをじっと覗き込む。彼らは立ち去ろうとしなかった。若くて美しい娘たちが、みんなガラスに鼻を押しつけ、その鼻をぺちゃんこにしている……。

それから、ちょうど映画の中のワン・シーンのように、わたしたちは湿っぽい裏口の通路を一気に駆け抜けた。表には黒くて大きな高級車が待ち受けていて、その中に押し込まれると、車は静かに、しかし素早く走り出した。着いた先は関係者だけの特別なパーティ会場で、酒も、煙草も、鼻から吸うものも、何もかもがたっぷりと用意されていた。まるで映画の中のワン・シーンのように……。

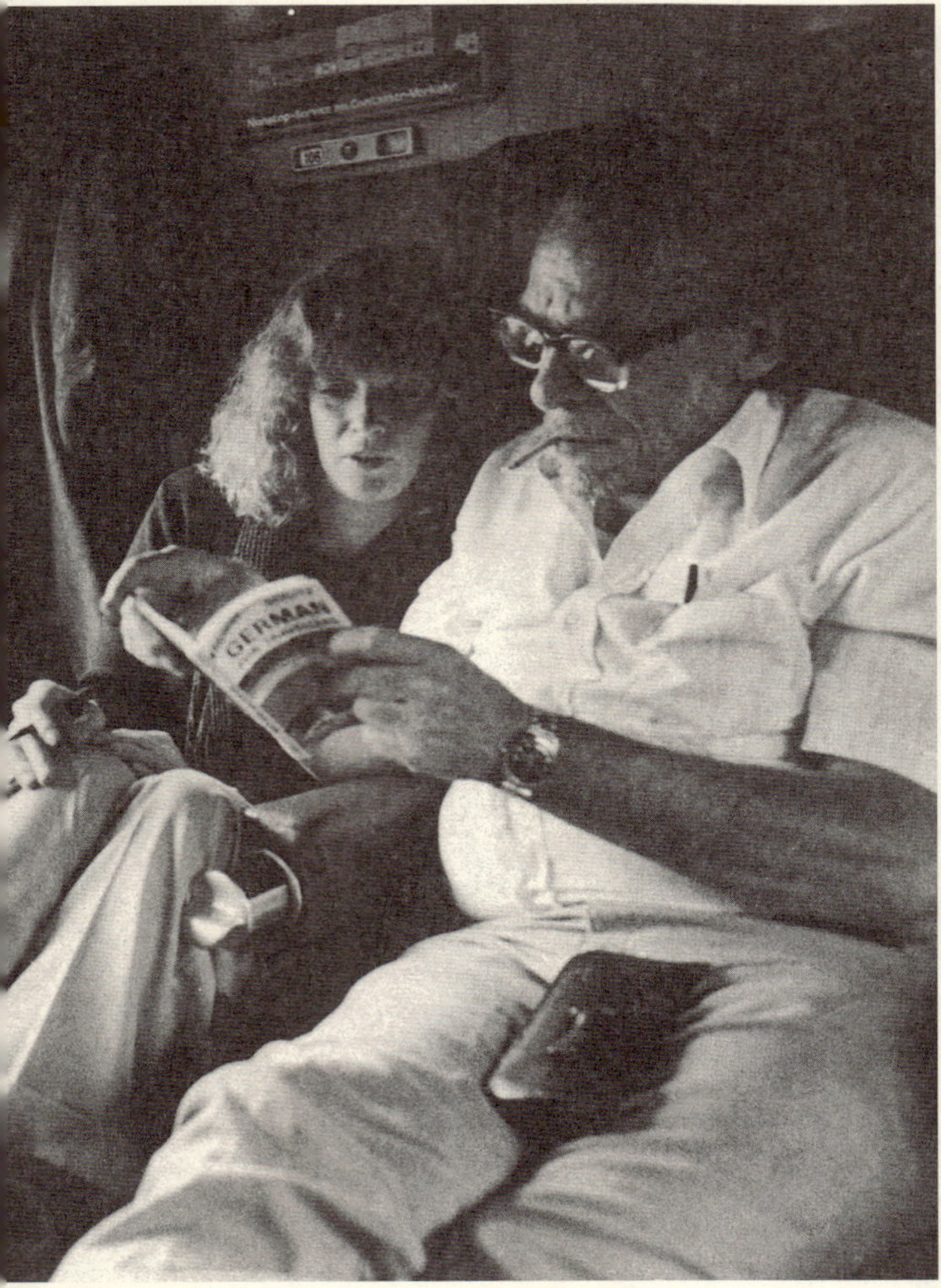
GERMAN

ハンブルクへの車中。

いよいよハンブルク。朗読会のことがわたしに重くのしかかる。急所を握られているという感じだ。

Charles Bukowski
IN DER MARKTHALLE
Einzige Lesung in Deutschland
Donnerstag 18.5. 20.30
EINTRITT DM 10,-
Ein fröhlicher Tag

TAXI

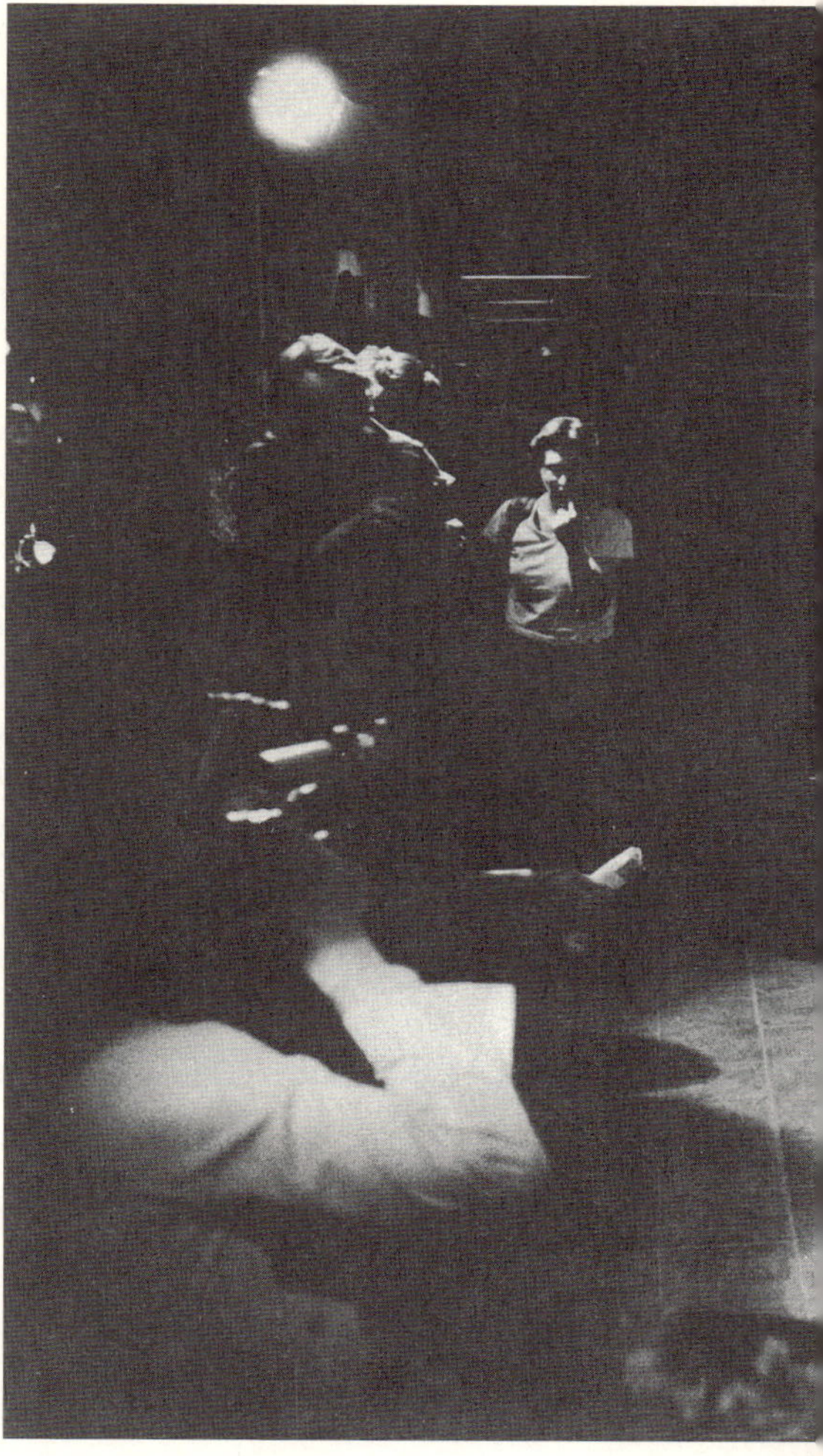

またつかまってしまった。オーストリアのニュース専門局からきた女性だ。

やあ、もどってこれて、うれしいよ。

聴衆が理解してくれたというのは、まったくはじめての体験だった。

わたしは朗読を終えて、聴衆に感謝の言葉を述べた。

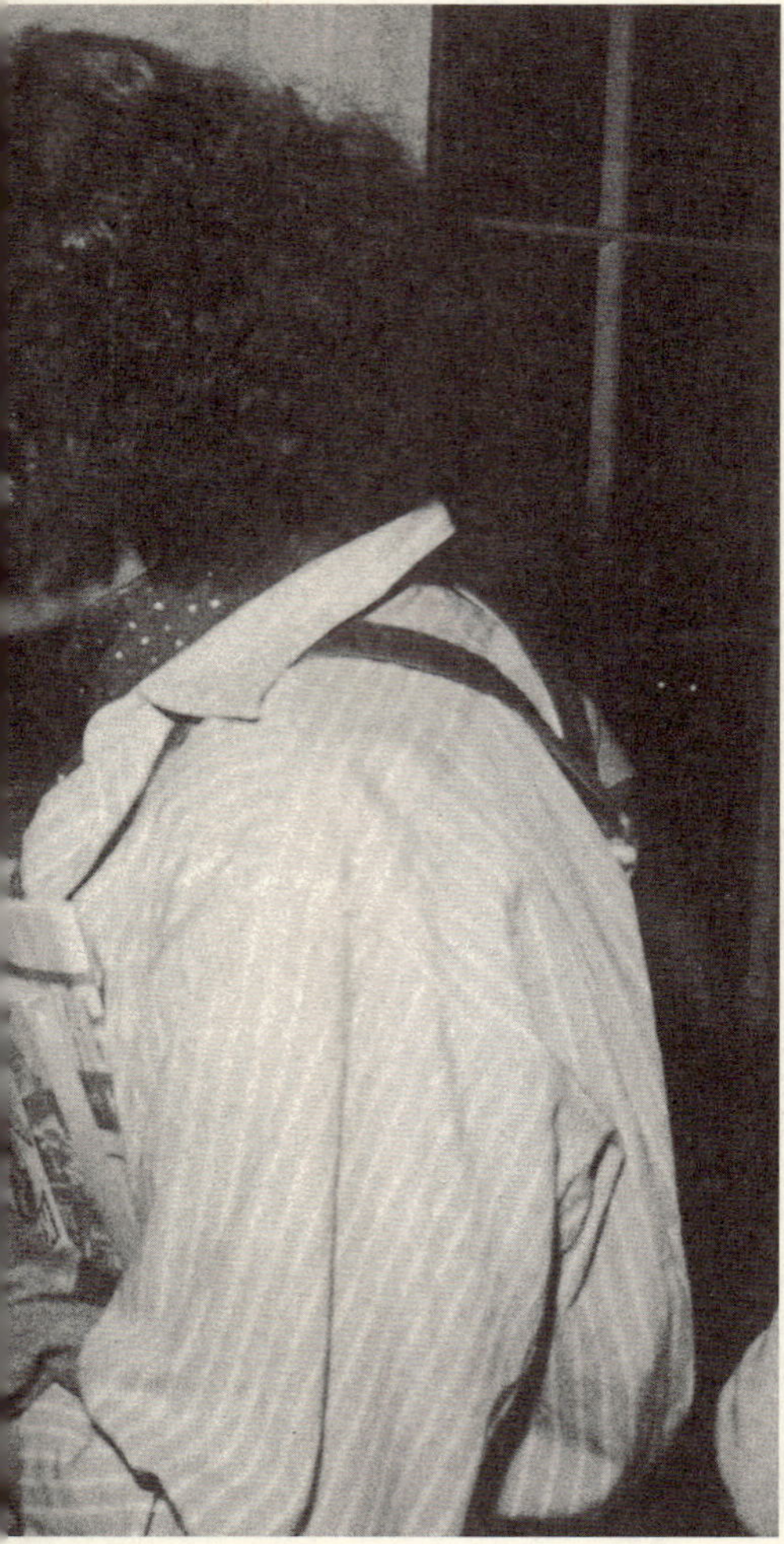

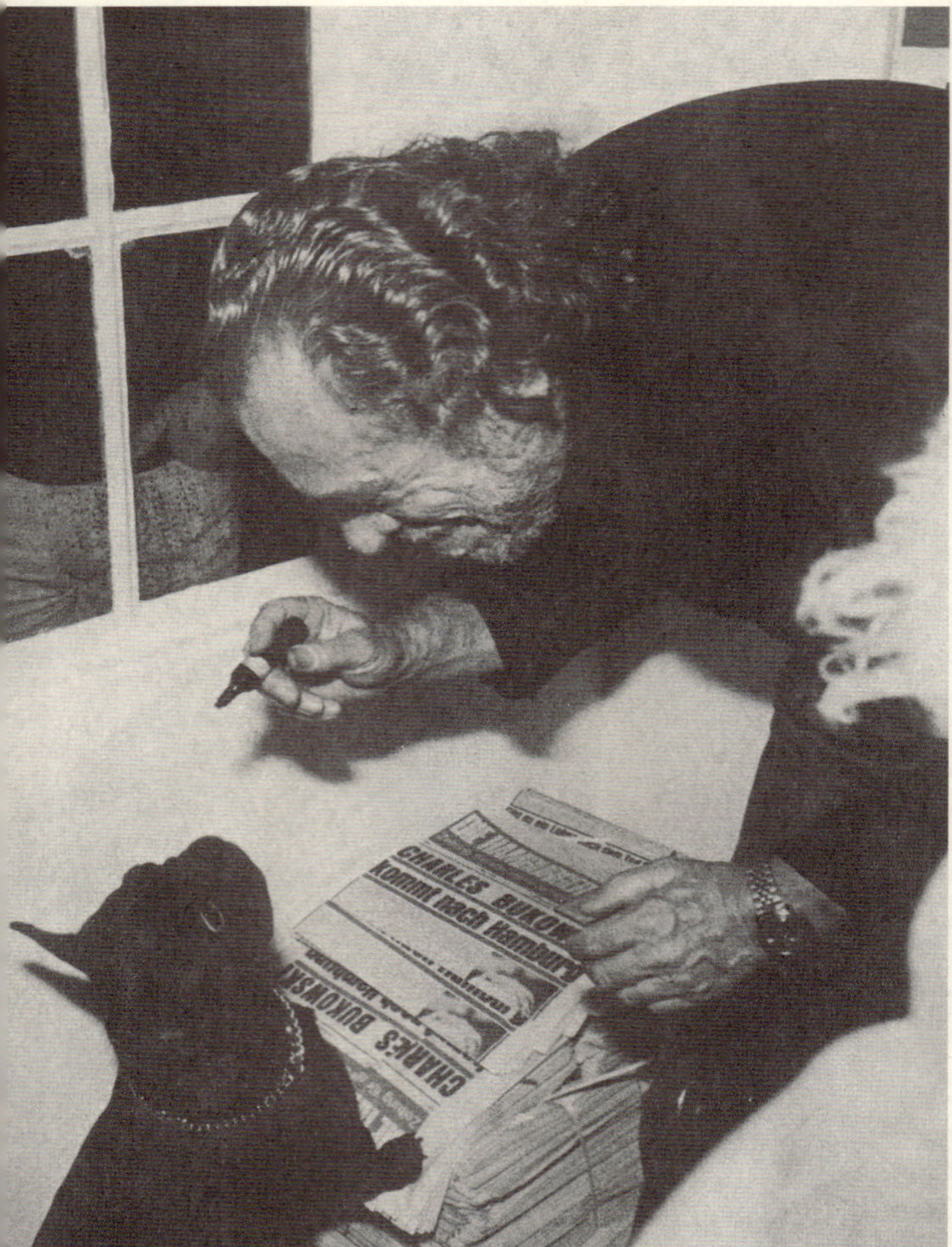
CHARLES
kommt nach

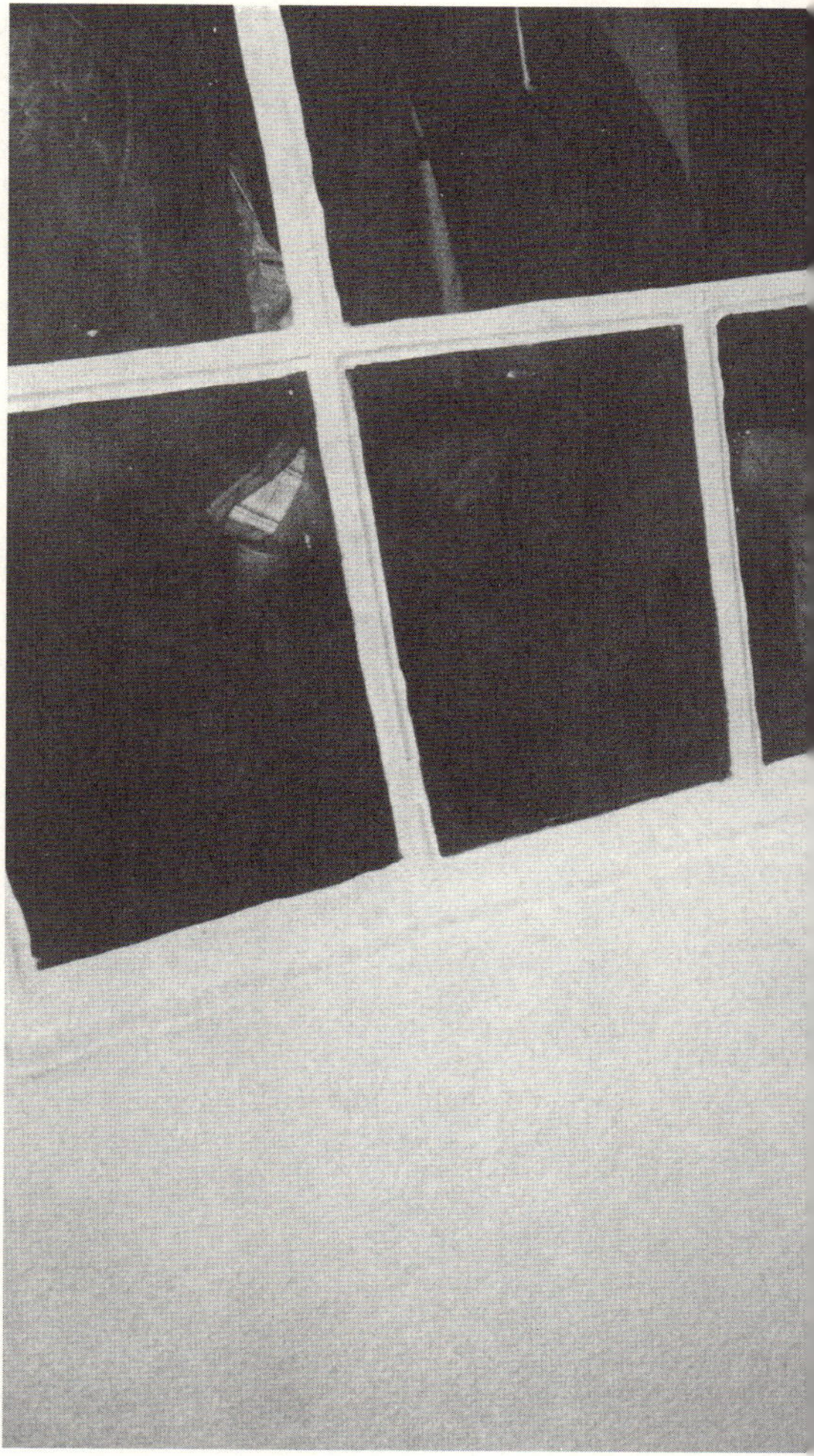

わたしたちは何とかオフィスに逃れた。

ハンブルクで。

HAFENTOR

NORDKYN
KØBENHAVN

ハンブルク、アルテン・ポスト・ホテルで。

それから、わたしのお気に入りの街、マンハイムにもどり、わたしのお気に入りのホテル、パーク・ホテルにもどった。

わたしたちのお気に入りのギリシア人のメイドもいる。

17 カールの家

それから、わたしのお気に入りの街、マンハイムにもどり、わたしのお気に入りのホテル、パーク・ホテルにもどった。わたしたちのお気に入りのギリシア人のメイドもいる。彼女は何かをきめているわけでもないのに、絶えずハイの状態だった。彼女にも落ち込んでいる時がきっとあるのだろうが、わたしたちがそうした場面を目撃することは一度としてなかった。彼女は毎朝ノックすることもなくいきなり部屋に侵入し、四杯のオレンジ・ジュースをわたしたちのもとに運んできてくれる。わたしはいつも気分が悪くて、ベッドの中にいて、彼女はわたしをベッドから追い出してしまおうと、甲高くて早口のドイツ語で大声でまくしたてる。バスルームの中にいきなり駆け込んできて、バスタブの中にいるわたしに向かって、金切り声をあげたこともある。わたしは自分にぶらさがっているものを彼女に振って挨拶しただけだったのだが。とても愉快だった。リンダ・リーはそれほどおもしろがっていなかったようだ。それもわたしにはよくわかる……。

わたしたちは毎晩カールの家に行って飲んだ。カールの家で飲んでいる時のいくつかのできごとは、いつも必ず覚えているのだが、リンダ・リーと一緒にタクシーでパーク・ホテルに帰る時のことはまったく記憶がなかった。それでも朝になるとちゃんとそこで目を覚ましている。「タクシーで帰ったこと覚えている？」とわたしはリンダに尋ねる。「いいえ」と彼女が答える。いちばんひどいのは、恐らくカールがタクシー代を出しているということだった……。

朗読会の翌日か翌々日の晩、カールの家で飲んでいた。その時はドイツ人の仲間たちも一緒で、そのうちの一人に自分の二軒隣に住んでいる男たちが売春宿を経営していると聞かされ、わたしは平静さを失ってしまった。売春婦にはどこかロマンティックで恐ろしい何かが漂っていて、当然誰もが彼女たちのことをしょっちゅう文章にしようとしていた。これまでにわたしは二人の売春婦たちを救い出そうとしたことがある。色情狂の女をもっと別な人間にしようとしてみたこともあった。それにレズビアンを女にしようと試みたこともある。いずれの場合も、もちろんのこと、わたしはことごとく失敗してしまった。どうしてみんなはそうしたことを放っておかないのか？　今のわたしは自分自身を救おうとすることで手一杯だ。女性が自分の大事な部分を売りたがっているのだとしても、舞台の上のオーケストラのヴァイオリニストが協奏曲を演奏することと、恐らくそれほど違いはないのではないか。いずれにしても生き延びていくしかないのだ。死はいつも隣にいるが、何とかごまかして、しばらくはおあずけをくわせるのにしたことはない。

あるいは、例えばの話、作家の正体は何で、娼婦の正体は何なのか。両者をどこで見分けるというのか？　かくしてドイツ人の仲間たちとそこを訪れることにした。

娼婦の館を経営している男は、どんなアメリカ人よりもアメリカ人らしく見えた。清潔なプルオーバーに、洗いたてのぴしっとしたシャツ、どこも汚れていないさっぱりとしたパンツ、それにぴかぴかに磨かれた靴というでたちだ。気軽ではあるが伝統的なドイツ風の着こなしをしているというわけではない。彼は見せびらかしている。一目見てすぐに嫌いになった。彼の仲間も同じようなものだった。自分たちの服が皺くちゃになるのが不安でたまらないといった感じで、注意深く歩き回り、座る時も同じで、皺になるのを気にしてパンツを引っ張り上げ、飲み物も意識してからだの前に持ち続けるようにしている。ほんとうに飲むのではなく、飲むように見せかけているだけだ。彼らはどんな類いのポン引きなのか？

すべてを仕切っている男は英語が喋れず、わたしもドイツ語が喋れなかった。彼はアメリカのテレビ番組に出ていたクリーン・カットの青年たちのことをわたしに思い起こさせる。紙のようにつるつるした顔、つかみどころのない表情、小さななめくじのような口が微笑む苦労知らずの顔、覚え込んでいるジョーク、彼らはあたりさわりのない慰めで、アメリカの家庭やアメリカの学校に対して何の脅威も与えることはない。糞をして尻を拭いている姿など想像もできない。恐らく臍もないかもしれないし、あったとしても、星のかたちをしていて、金粉がちりばめられていたりするはずだ。

彼は英語が喋れず、わたしはドイツ語が喋れなかったので、わたしは自分でちょっとしたドイツ語をでっちあげたり、編み出したりして、さんざんまくしたててやった。彼は聞いていた。

彼は酒を飲む時と同じやり方で、葉巻を吸った。俺を見てみろよ、葉巻を吸っているんだぜ、と言わんばかりだ。

わたしは彼の口から葉巻を奪い取り、一服吸って、気張らず、気取らず、葉巻とは本来どんなふうに吸うべきか教えてやった。

娼婦たちはわたしたちがいるところまでは出てこない。一人はぴちぴちの黄色いドレスを着て、乳首が片方はみだしている。もう一人は、鮮やかな赤のロング・ドレスに身を包み、片方にはうんと上のほうまで切れ上がっているスリットが入っていて、紫色のパンティがちらっと見える。二人ともさんざん仕事をこなしてきているように見えた。

わたしたちはワインの入ったグラスを持ってやってきていた。しかしそれが終わってしまうと、後は彼らのところにあるとんでもなくまずいビールを飲むしかなかった。わたしは自分が編み出したドイツ語とやらで、ポン引きの中心人物に向かって、自分が彼のことをどう思うかまくしたて続けていた。

するとドイツ人の仲間たちのうちの一人がわたしに声をかけてくる。「いいかい、ハンク、ここは売春宿なんかじゃないよ。彼らはカールのお隣さんで、女性たちは彼らの奥さんなんだ」

「くそっ」とわたしは言った。「こいつはむかつく話だ！　ここからとっとと出ようぜ！」

わたしたちはカールの家にもどって、おいしいワインを飲み出した。カールは深くなめらかな声で人にさまざまな話を聞かせるすべを心得ている。まず前をじっと見て、それから天井を見上げる。飲み物のグラスを持っていない手を振り、こんなことがあったんだよと言いながら、その手を大きく回す。彼には自分の見地というものがあり、先までちゃんと読んでいて、話をどう持っていけばいいのかということもわかっていた。それに最高なのは、物語には、恐らく人間性の不思議さや途方もなさ、それも一般的なものではなく特別な場合での、ということ以外には、とりたてて重要なメッセージは何も込められていないということだった。彼やバーベット・シュローダーは、同じ一人のとんでもない天使から、力を与えられている。危険と狂気に満ちた肉体に目がくらむような笑いの翼を生やした天使だ。彼らのような人間がまわりにいるということは、わたしたちみんなにとってこの上もなく幸運なことだ。

しばらくすると電話がかかってきた。カールが出る。隣に住む男からだった。彼はわたしと話したがっている。彼のドイツ語に耳を傾けた。それから彼にわたしのドイツ語で話し返す。たっぷりと話してやった。これから生きている間ずっと忘れられないようないろいろなことを話してやった。ポン引きではないにしても、彼はきわめてつまらない人物だ。彼を見ているとバターで焼かれたレミングの姿を思い浮かべると言ってやった。これには彼も黙ってしまい、そこでわたしは電話を切った。

カールの家にもどってからのほうが、ずっと楽しかった。わたしは立ち上がって、彼が歩いている時にどんなふうに脚を蹴り上げるのか、真似をして見せてやった。

「ごらんよ、ほら、きみは歩いていて、いきなり、ウヒョー、脚が飛び出る、ワォー、こんなふうに、うんと遠くまで！　気づいちゃいないだろう。すごいよ、ほら、見てごらん、こんな感じだよ、ウヒョー、ワォー、うんと飛び出すんだ！」

続いてリンダ・リーも立ち上がって、カールがどんなふうに〝脚上げ〟をするのか、彼に見せつける。彼女のほうがわたしよりもずっと上手だった。ホテルにもどってからも、わたしたちは何度も思い出し笑いをさせられた。わたしたちはあざ笑うのではなく、新たな診断対象としてカールの優雅な疾患を楽しんでいた。

今度はカールがドイツ人ならではの慎み深さを漂わせながら、微かな笑いを浮かべて

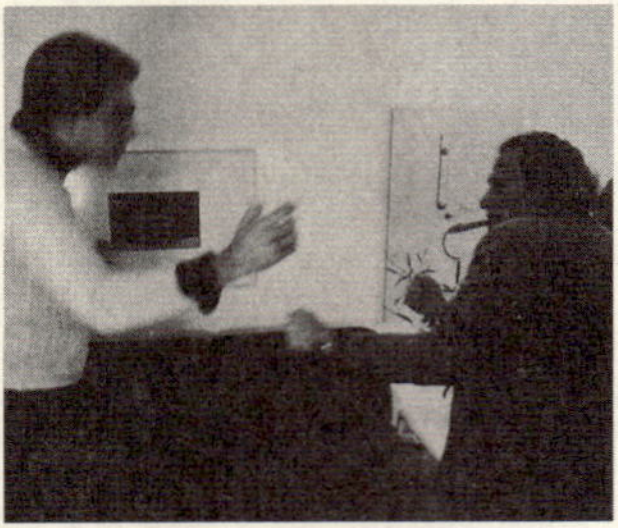

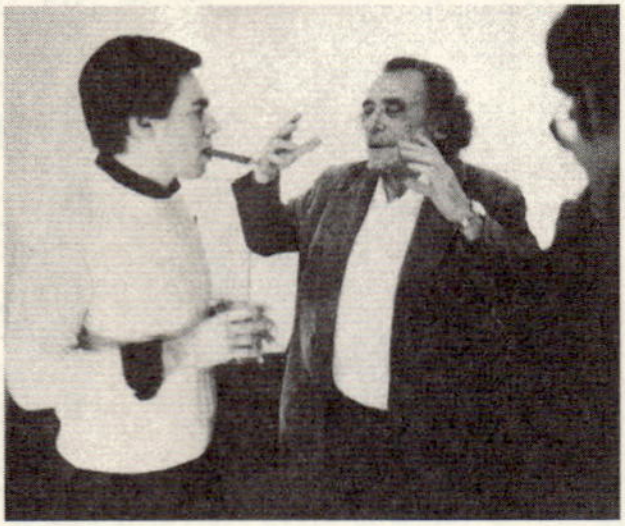

立ち上がる。

「こうかい？」と彼が脚をふわりと投げ出しながら尋ねる。

「そうだよ、カール」とわたしが答える。

「おみごとよ、カール」とリンダも言った。

彼は脚をもっと高く上げて、ぐるぐる回り始めた。

「こうかい？」

「すごいわ、カール」とリンダが答える。

「いいぞ」とわたしも言う。

カールはもっとぐるぐると回り始める。

「こうかい？」

「そうだよ、いいぞ」とわたしは頷く。

「ワォー」とリンダが声をあげた。

カールはぐるぐる回り続け、スピードもどんどん増していく。突然彼の眼鏡が弾き飛ばされ、壁にぶちあたった。みんなで大笑いし、カールが壁のそばに行って、眼鏡を拾い上げる。「割れなくてよかったよ」と彼が言う。「これひとつしか持っていないんだ」

カールはレンズの分厚い特別な眼鏡なしではいられなかった。ブコウスキーにボブ・ディラン、バロウズにギンズバーグ、そのほかにも何人かの作家たちを翻訳するのは大変な仕事だったが、彼はそのことについて一度も触れたりはしなかった。彼はどんどん目が見えなくなってきていて、自分の作品を書く時間もほとんど作り出すことができず、ひたすら翻訳を続けなければならなかったが、決して不平をこぼしたりはしなかった。わたしたちはもう少し飲み、やがてタクシーに乗る時間になった。カールは表まで送ってくれた。わたしたちがタクシーに乗り込むと、彼はぐるぐる回り始め、いつまでもぐるぐると回り続け、走り出したタクシーの中からわたしたちは手を振って大声をあげ、タクシーが走り去ってしまう時も、月明かりの中でどんどんとスピードを増して回り続け、片脚を高く持ち上げ、道路の縁石に並んで埋められている高さ一メートル以上の鉄柱よりも高く蹴り上げている……。

18 アンデルナッハのハインリッヒ叔父

一九二〇年八月十六日にわたしが生まれたアンデルナッハはライン河沿いにあって、この街には九十歳になる叔父のハインリッヒが住んでいた。そこで、わたしたちは彼に会いに行った。家を見つけて、呼び鈴を鳴らす。わたしたちはライン河のそばのホテルに泊まっていた。そこはなかなかの部屋で、洗面台が五、六台とバスタブがひとつついていたが、トイレはなかった。トイレは廊下をずっと行ったところにあり、「強く引きすぎないでください」と英語で書かれた掲示があった。それはともかくとして、わたしたちは叔父さんの家の呼び鈴を鳴らし、玄関のドアが開くと、そこには八十五歳ぐらいのがっちりとした、しかし優しい感じの女性がいた。後で彼女はハインリッヒ叔父さんの五十年来のお妾《めかけ》さんの〝ルイーザ〟だということがわかった。「こんにちは」とわたしは声をかける。「わたしはヘンリーで、こちらはリンダ・リー」「あら」と彼女が答える。「どうぞ中に入って。ハインリッヒはお昼寝しているところよ」「待って」とわたしは遮った。「それなら出直してきます」「とんでもないわ」とルイーザが言う。「彼は絶対にわたしを赦してくれないわ。どうか座ってお待ちになって」

わたしたちはそうした。ルイーザが階段を上っていく。長くはかからなかった。ぴかぴかに磨かれた靴、サスペンダー、あれやこれやとちゃんと正装したハインリッヒ叔父が階段を駆け下りてきた……すごい勢いで階段を駆け下りてくる。六十歳、あるいは五十八歳とも言えそうだが、彼は九十歳だ。部屋の中に駆け込んでくる。「ヘンリー！ヘンリー！　まいった！　信じられないよ！　ヘンリーだ！　何て久しぶりだろう。ああ、ヘンリーだ！」

「会えてうれしいです、ハインリッヒ叔父さん！」わたしたちは抱擁し合った……。

「お座り、お座り……」

「叔父さん、リンダ・リーです。リンダ・リー、ハインリッヒ叔父さんだ……」

「やあ、やあ……ルイーザがすぐにも何か持ってきてくれるよ……ところで、どんな調子かな？」と彼が尋ねてくる。

「いいですよ。ちょっとした業務旅行のようなものかな……本を売るためのね。それに、もちろん、わたしたちはあなたに会いたかった……」

「たまげたね、素晴らしいよ、おまえに会えるなんて思いだにしなかった……わたしの英語を大目に見ておくれよ……」

しばらくして台所からもう少し若い女性が現われた。「こちらはヨゼフィーナ。わたしのせがれの嫁だ。わたしのせがれはお抱え運転手をやっていて、今ご主人と一緒に街を離れているんだ」

ヨゼフィーナはまったく英語を話さなかった。

わたしの叔父がまた自分の英語に関して弁解をする。

わたしのドイツ語は観光案内の本に載っている類のものでしかないので、誰かに「自分のへたな英語を赦してくれ」などと言われると、いつも当惑してしまう。わたしは彼らの半分にも及ばない。

「あなたの英語はとても上手ですよ」とわたしは言う。「あなたの国の言葉を知らなくてわたしのほうこそ赦してください」

わたしはかつてはドイツ語を喋っていたが、今となってはもうすっかり忘れてしまった。ルイーザがケーキとあらゆる種類のキャンディとを持って現われた。コーヒーも一緒だ。家の中は隅々まできちんと掃除がされていて、ケーキやコーヒー同様に、とてもドイツ的だった。わたしは自分の両親や祖母のことを思い出した。いつもケーキとコーヒーが出され、テーブルクロスもナプキンもやたらときれいで、上等の銀器や皿が使われていたことを思い出した。あらゆる種類のパンや肉やバターも用意されていた。ゆったりと座って、いろいろなことを穏やかに話し合うひとときだ。人生の闘いの中での小休止だ。なくてはならないことであり、ためになることでもあった。叔父が今の生活や過ぎ去った日々のことについて口を開く……。

「向こうのほうにあるあの家がわかるかな?」と彼が通りの向こう側を指さす。「あそこにおまえたちは住んでいたんだ……おまえは風のようだった……じっとしていることはない……ここを走り回っていたよ……『ハイン叔父さん! ハイン叔父さん!』ってわたしに向かって大声をあげてね……」

彼がリンダ・リーのほうを見る。「何かお食べなさい、お嬢ちゃん、食べなきゃだめだよ!」

「そうよ、ケーキをお食べなさい」とルイーザも言う。

気の毒なリンダ・リー。彼女は健康食品専門で、甘いものやケーキは嫌いなのだ。

「わかりました」と彼女が言う。「でもほんのひと切れだけ……」

「もっといかがかな、ヘンリー?」とハインリッヒ叔父が尋ねる。

「もちろん、とってもおいしいですね……」

「おまえはワインがいいんじゃないのかな?」

「それが、何本か持ってこようとしたんですが……」

「失礼」とハインリッヒ叔父が言って、台所に消える。そしてワインのボトルを持って現われた。彼が自分で栓を抜いたのに違いない。ルイーザがワイン・グラスを持ってくる。ルイーザは一滴も飲まない。リンダ・リーもそうした。彼女は昼間からは飲まないのだ。ということは叔父さんとわたしだけということになる。

「一日グラス三杯までと決めているんだ」と彼が言う。

「煙草は吸いますか?」とわたしが尋ねる。

「いや、六十歳になった時に煙草はやめたんだ」

彼は驚くべき存在だった。肌はとてもなめらかで、皺はひとつもなく、全部自分の歯だ。眉はもじゃもじゃで、油断のない厳しい目をしていて、板のようにまっすぐな背中をしている。歩く時は、敏捷できびきびとした動きだった。あらゆる瞬間を楽しんでいるように見える。くたびれきっているのはわたしのほうだった。わたしが飲み終えると、彼がおかわりを注いでくれる。「たっぷりあるよ、いいやつだろう、そう思わないかい？」

「おいしいですよ、ありがとう……」

「ボトルはまだまだあるからな。ところで、おまえの本を読んだよ。気に入ったね。ひとつだけを除いて気に入ったよ。わかるかな、わたしはほんとうのことが好きなんだ。人生のできごと。現実の話。作り上げたものは嫌いだね。わたしは『ザ・ファック・マシーン』が好きじゃない……」

「いいんですよ、叔父さん、わたしは何かを書いてしまえば、そのことはもう忘れてしまおうとするんです。後でどうなろうと関係ないですよ、たとえみんなに素晴らしいと言われてもね」

「おまえが生まれた家を見せてやりたいんだが」と彼が言う。「そんなに遠くはないよ」

「叔父さん、写真を撮らせてもらってもかまいませんか？」

「かまわないよ」

「友だちがいるんです。マイケルという写真家の。彼もわたしたちと一緒にここにやってきています。こっちに来て、あなたの写真を撮りたがっているんですよ……彼はレンタ・カーを借りています……。それから家を見に行けばいいでしょう……」

「わかった」と彼が答える。「それでいいよ……」

その家のことはわたしも聞いていた。今は売春宿になっているそうだ。彼はそのことを知っているのだろうか。

「あそこは今売りに出ているんだ」とハインリッヒ叔父が言う。「何人かの女たちが住んでいたんだが、引っ越していってしまった。今は売り家になっている……」

三角形の敷地に建てられている幅がなくて高さのある黄色い家だった。

「あの窓が見えるかな?」と叔父が尋ねる。

「ええ」

「あそこでおまえは生まれたんだよ。あれが寝室だった」

「あら、この家は売り物だわ」とリンダ・リーが言う。「買いましょうよ!」

みんなでしばらく見て回り、それから叔父が言った。「さあ行こう、おまえの父さんがおまえの母さんと出会ったところを見せてやりたいんだ……」

そこでわたしたちは車に乗り込んで、走り出した。

「知っているだろうが」と叔父が言う。「アメリカの軍隊がそこの一階に駐屯していたんだ。おまえの母さんとその母親と父親とが二階に住んでいた。わたしはしょっちゅう訪ねていっていたよ。おまえの父さんは軍曹で、完璧なドイツ語を話していた。『あの美男子のブコウスキー軍曹』っておまえの母さんはいつも言っていたね。『彼は絶対に女の子みんなをだまそうとしているわ』戦争の直後で、ドイツ人には食べるものがほと

んどなくて、一階にいるアメリカの兵隊たちはいつも火の前に座って、肉を食べながら、脂やほかの不要な部分を火の中に投げ捨てていたんだ。おまえの母さんはそれを見て頭にきていたよ。『彼らが燃やしている食べ物をわたしたちは食べることができるのに！食べ物をあんなふうに捨ててしまうなんてとんでもない人間たちだわ！』ってね。いずれにしても、ブコウスキー軍曹に紹介されたおまえの母さんは、彼の靴に唾を吐いて、階段を駆け上がっていってしまったんだ。二晩ほどして、ブコウスキー軍曹が階段を上がってきて、ノックしたよ。彼は肉を、それもいい肉や調理した肉を、それに加えてほかのものもいろいろと持ってきたんだ。パンや野菜などをね。わたしたちはそれにありついたよ。それからというもの、毎晩夜遅くになると、彼は肉を持って現われ、わたしたちはそれを食べたんだ。そんなふうにして二人は出会い、結婚したってわけさ……」

そんなふうにして彼はうまくやっただって？　とわたしは思った。そうか、確かに、それならわたしの彼に対する見方ともぴったり合致する。

「おまえの父さんはとても利口な男だった」とハインリッヒ叔父が言う。

わたしたちは階段のほうへと歩いていった。

「ほら」と彼が続ける。「あれが父さんが上がっていった階段だ。それでこの話はおしまい。もう行こうか」

そういうわけでわたしたちは車に乗り込み、去っていった……。

19　ドイツ人と合唱

その夜、トーマスというドイツ人の知り合いの一人が、自分が作ったわたしのドキュメンタリー映画を見せにホテルを訪れた。彼は自分の映写機も一緒に持ってきた……いや、そうではなかった。テレビに接続する何かを持ってきて、テレビでドキュメンタリーを見ることができたのだ。トーマスの友人も三、四人一緒にやってきていた。みんな物静かな連中だ。全員でホテルの食堂に下りて行き、装置が繋げられ、待っている間にわたしはワインの栓を開けた。

みんなに声をかける。「こいつを見始める前に少し飲もうじゃないか」

トーマスが同意する。わたしたちは飲み始め、昔話も始めた。彼がロサンジェルスにやってきた時のことで、一緒にどんなことをやったり喋ったりしたか、どんなふうに飲んだりしたかを話した。三年も前のことだった。いろいろな人たちの消息を彼が尋ねる。

「いや、やつらはもうあそこにはいない」

「いや、彼らもうもういなくなってしまったよ」

「いや、彼女は出ていってしまった。わたしたちは別れたんだ。彼女とはもう会っていないよ」

トーマスの仲間たちは飲まなかった。リンダ・リーは飲んでいて、わたしも飲んでいて、トーマスはしっかり飲んでいた。ドキュメンタリーを見ることにした。彼は鋭い撮り方をしている。自分が何をやっているのかもちゃんとわかっていた。しかし彼は恋人の女性と別れたばかりで、落ち込んでいた。新しいガールフレンドもできたようだったが、まだ友だち同士なのか、それとも恋人の関係まで進んでいるのか、わたしにはよくわからなかった。あるいは友だちで恋人。それとも恋人で敵同士なのかもしれない。わたしたちは飲んで、見続けた。そして終わりになる。

「おみごと」とわたしはトーマスに言う。

もちろんのこと、わたしはいつでも自分が出ているものには興味を抱く。

トーマスは機材を片付けながら、飲み続けていた。ドイツ人の一団が入ってきて、テーブルにつく。十二人以上はいた。みんな裕福そうで、四十歳から六十五歳ぐらいまでの連中だ。座ったまま突然合唱を始めた。そんなにひどくはない。ひとわたり分のビールが運ばれてくる。彼らは別の歌を歌い始めた。まずまずだ。やがてジミー・デュランテに似た男がやってくる。彼の目はほかの誰よりも輝いている。座って、ソロで歌いだした。甘くて美しい低音だ。素晴らしかった。またひとわたり分のビールが運ばれてくる。そこでまたみんなの合唱となった。かなりの赤ら顔で、片方の目が不自由なホテルの持ち主が現われ、立ったまま腕を振って歌い手たちを指揮し始め、自分も一緒に歌っている。わたしはドイツ語の歌詞が気に入った。どんな意味なのかはわからなかったが、とにかく気に入った。ワインをおかわりしながら、耳を傾けた。それからわたしは立ち上がり、ホテルの持ち主と並んで立ち、彼のように腕を振って、ドイツ人たちと一緒に歌いだした。彼らはいやがっているようではなかった。ワインのおかわりを注ぎに行き、再びドイツ人と一緒に歌った。とても気持ちがよく、どんどん続く。そのうちわたしは、「ドイチュラント、ドイチュラント、世界に冠たる……」と歌いだした。何人かが一緒に歌ったが、とても小さな声でだった。わたしは大声で歌う。誰かがわたしを少し離れたところへと連れていき、英語で言った。「あなたがあの歌を歌うのでみんなは困っています。あの歌を聴くとナチズムを思い浮かべる人たちもいるのです」「くそっ！」とわたしは言った。それからその歌をもう一度すっかり歌って、席にもどり、座ってわたしのドイツ人の仲間やリンダと一緒にワインを飲んだ。

すぐにも自分たちのワインを全部飲み干してしまった。わたしはトーマスに声をかける。「きみもきみの仲間も、みんなわたしたちの部屋に来いよ。ワインがもっとあるから」

「いいですよ」とトーマスが答える。

わたしの言ったことがホテルの持ち主の妻に聞こえた。リンダとわたしとが階段を上がっていこうとすると、彼女がわたしたちとトーマスたちとの間に立ちはだかる。「だめですよ」と彼女が言う。「あなたは酔っぱらいすぎています！　わたしが許しません！」

トーマスが階段を転げ落ちていく。彼はこれ以上はないというほどに酔っぱらっていた。彼の仲間が言う。「わたしたちが家まで届けます。ご心配なく！」

「ねえ、奥さん」とわたしは持ち主の妻に話しかける。「夜はまだ始まったばかりだ。部屋ではおとなしくするから。わたしの生まれた街でみんなで静かに飲みたいだけなんですよ」

「だめです」と彼女が答える。「彼は酔っぱらいすぎています。絶対に許せません！」

そこでわたしたちは階段を上っていって、ライン河を見晴らすバルコニーに立つと、表ではわたしのドキュメンタリーの監督のトーマスが、機材と一緒に車へと運ばれていく。「トーマス！　この最高のくそったれめ！」とわたしは大声で呼びかけた。「ドイツよいつまでも！　きみよいつまでも！」

彼には聞こえていない。

「おやすみ、トーマス！」とリンダも大声で叫んだ。

彼女の声も聞こえてはいなかった。車が発車するのを見届けてから、自分たちの部屋にもどった。新しいワインの栓を抜く。

「これ以上もう飲んじゃいけないわ」とリンダが言う。

「この一本だけだよ」とわたしが答える。「それから寝ることにしよう。忘れちゃだめだよ、明日ハインリッヒ叔父さんが城を案内してくれるからね」

「お城が大好き」と彼女が言う。「ところで煙草はどこかしら？　煙草が見つからないんだけど……」

20 デュッセルドルフの競馬場

日曜日にデュッセルドルフの競馬場に出かけた。ドイツ人のグループもわたしたちに同行する。テレビ局の連中に写真家、それにジャーナリストだ。普通の生活をドイツで送ることは困難だったが、それも甘受しなければならない。何といってもドイツでの日々は一時的なものだからだ。わたしのことなどほとんど知られていないアメリカにもどれば、また孤立した生活を送ることができる。神々はわたしに親切だった。こんなにも長い間わたしを守り続けてくれたのだから。五十八年間も。

ドイツの競馬ファンたちは、アメリカの競馬場でのアメリカ人よりもずっとちゃんとした服装をしていた。アメリカの競馬場の人間たちのように死に物狂いではなく、どちらかと言えば、映画を見に来ているような感じだった。アメリカでは多くの者たちが、家賃や食費、借りたり盗んだりした金を競馬に注ぎ込んでいる。

「オッズ表示板はいったいどこにあるんだ?」とわたしはドイツ人の一人に尋ねた。

「オッズ表示板?」と彼が尋ねる。「何ですか、それは?」

「自分の馬のオッズがどれくらいなのかが表示されている板で、賭ける時に確かめるんだ。ふつうオッズは賭け金の額によって、変化していくんだ」

「聞いてみましょう」と彼が答える。

彼は感じのいい男で、カメラの一台を担当していた。

わたしはマイクを手にしているもう一人の感じのいい男のほうを向く。

「オッズ表示板はどこ?」

「オッズ表示板とは?」

「オッズを教えてくれるんだ」

「あなたはセリーヌの影響を受けたんですか?」と彼が聞いてくる。

「やめてくれ」とわたしは言った。「自分が賭ける馬のオッズがどこに出ているのか知りたいだけなんだ」

「オッズ?」と彼が尋ねる。

わたしたちはテーブルについて、ビールを飲み始めた。

もう一人の感じのいい男がもどってくる。

「オッズ表示板はないそうです」と彼が教えてくれる。

「どうやって自分が賭ける馬のオッズを確かめるんだ?」

「わかりません」と彼が答える。

リンダ・リーが新聞を見つけた。「ほら」と彼女が言う。「馬のことが載っているわ。レースで馬が何着だったか書かれているみたい。ほら見て……」

彼女がわたしに新聞を手渡してくれる。確かに馬の名前が出ていて、それぞれの馬の後には次のような数字が書かれている。9／8／2／6／7／5／9／1／2／5／3、あるいは6／4／7／2／1／9／2／8／3。

クラスが上がったのか下がったのかの記述はどこにもなかったし、そのレースの距離や負担重量、騎手や競馬場や馬場状態、あるいはその他の条件について、どこにも出ていなかった。予想のしようがない。おまけにオッズ表示板もないときている。

運任せで賭けようとわたしが競馬場に足を運ぶことは一度もなかった。それなら家にいて婆さんとビンゴをやるほうがずっとましだ。賭けには流儀や作法といったものが必要で、そうでなければすべてはまったく無駄なことでしかない。

スタート時間が近くなって、買う馬を決めた。だが、どの窓口で馬券を売り、しかも単勝はどこで複勝はどこかわからず、少しまごついてしまった。わたしは大勢でいるのが大嫌いだ。一人でレースに行って、自分だけで勝負を楽しむのが好きだった。わたしにはうまくいったやり方がいくつもあったし、うまくいかなかったやり方もそれに負けないぐらいたくさんあったが、自分なりの必勝法というものがあって、それはさまざまな数値とオッズ表示板の動きをあてにするものだった。わたしはネズミの目に命中させようと、真っ暗な小部屋の中を棒で突きまくっているような気分になってきた。そこでわたしは、どういうわけか、六番の単勝を買い、その馬はゴール直前まで四番の馬をリードしていたが、最後にはリンダ・リーが買った馬に追い抜かれてしまった。

彼女が欣喜雀躍《きんきじやくやく》する。「うわぉー」と声をあげる。「うわぉー、いぇーい、いぇーい!」

「何てこった」とわたしが言う。

次のレースが始まる前に、ドイツ人の一人があることに気づいた。

「賭けが始まって数分すると、それぞれの馬に賭けられた金額の合計が発表されていますよ」

そこでわたしたちは発表を待って、それぞれの馬にいくら賭け金があったのかを書き留めた。だからといって、わたしはどう勝負すればいいのか見当がつかなかった。つまり、アメリカでなら、ふつうは後になるほどかなりの金が動くようになり、自分で見つけ出したさまざまな数値やその時のオッズをもとにして、それをうまく利用すれば、儲けになる金の動きを突き止めることができた。アメリカでは、いつでも同じだった。厩舎の情報が流れて庶民の金が動き、それらがまたそれぞれのポケットへともどっていく。それも無税で。みんなどのレースでも勝てるというわけにはいかなかったが、四回に三回ぐらいは勝つことができ、レースやオッズやみんなの反対意見をちゃんと確かめ、「デイリー・レーシング・フォーム」紙のレース欄も読むことによって、わたしは競馬場ではいつもかなりの勝率を収めていた。自分の勝負のやり方を見つけ出すまでに、たっぷりと二十年間を費やしたというのに、ドイツでのわたしは、運に頼って、めちゃくちゃな勝負に出ている。

わたしたちはどんどん賭け続けた。リンダには少しはつきがあったが、わたしはといえば、あまりしっかりと賭けることはできなかった。地方の品評会のような雰囲気があらゆるところでやたらと感じられ、心底楽しむことができない。コースのすぐそばにいて、馬を見るのが好きなのだろうと、ドイツの連中はわたしのことを思っていた。わたしは馬のことなどどうでもよかった。馬について知っていることはといえば、見目《みめ》うるわしくて、藁がぺしゃんこになったような糞をすることぐらいだ。わたしは工場から逃げ出そうと、合衆国の郵便局から逃げ出そうと、競馬場に通っていた。人生におけるひとつの可能性として競馬場に通っていた。ドイツ人たちはわたしの小説を読んでいて、わたしが競馬場についてひやかし半分にお喋りするのが好きなだけだと思っている。他

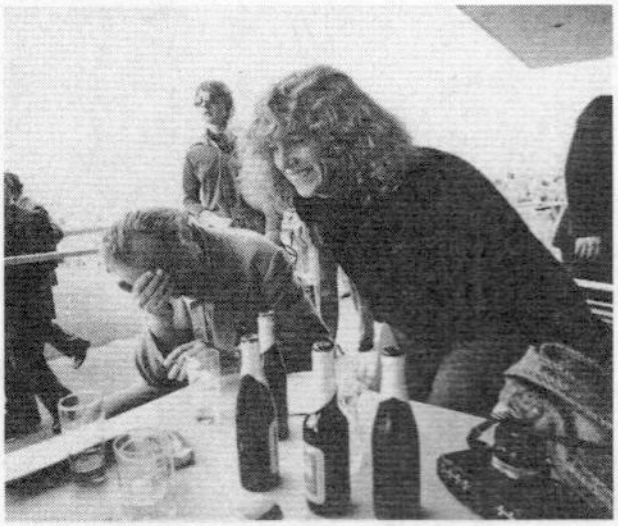

の人々が、自分の家の庭や、車の磨き上げ方について軽口を飛ばすのが好きなのと同じだと思っているのだ。そこでその日の予想は完全に狂ってしまっていて、カメラが回り、わたしの顔の前にマイクが突きつけられ、一日じゅうわたしが言っていたのは、「何てこった、こんな仕組みは最悪で、まったく意味がない。ここじゃ勝てるチャンスはまるでないよ。誰だってとんでもない悪魔と一緒に拷問室に閉じ込められているほうがましなんじゃないか……」ということだけだった。

というわけで、夜はもちろん飲んだくれ、とうとうカメラからも解放されて、後はわたしの顔の前にマイクを突きつけ続ける一人の若者だけが残った。テープがいつまでも回り続けていて、彼はわたしから深遠な思想とやらを何とか引き出そうとして、質問を続けた。

「人生は生きるに値すると思いますか？」

「そんなマイクを自分の面前に突きつけられることがなければね、とんまめ……」

「女性を憎んでいますか？」

「子供たちを憎むほどには憎んでいないよ」

「人生の意味とは何ですか？」

「否定」

「では喜びは？」

「マスターベーション」

「それでは真髄は?」

「半額セール」

その夜がどんなふうに終わったのかわたしにははっきりとした記憶がなかった。ただ覚えているのは、小用を足したくなるたびに狭くて急な階段を下りていかなければならず、どこにいるのかわからなくなってしまった時のために、いつでも階段の途中に電話機を置いたままにしてくれていたということだけだった。そういったことを別にすれば、そこはまずまずの場所で、飲み物も途切れることがなかった。しかし翌日は朝早くから起こされ、街を見渡す表のバルコニーに座らされた。とんでもなく寒くて、わたしは二日酔いで、まずはビールを頼み、それからもう一本おかわりを頼み、座ったままビール瓶のラベルをはがしていた。ふと下を見下ろしてみるとマイクが目に入り、カメラもまた回り始めて、わたしの向かいには我が親友のトーマスが座り、彼も二日酔いで、話を切り出す。「ところで、ドイツのことをどう思いますか?」

21 大聖堂

わたしたちは大聖堂を見学した。なかなかの建築様式で、わたしは幾分なりとも感動させられた。表は雨が少し降っていて、中に入ると、小便の臭いが微かに漂っている。中は外よりももっと驚嘆に値し、上へ上へと伸びていて、わたしの小さな十七人の庇護の神々の代わりにキリスト教の神を信じられればという気分にほとんどさせられてしまう。一人の大きな神なら、幾多の中傷や恐怖や苦痛や戦慄にさらされたとしても、このわたしを救ってくれそうだ。そのほうがもっと心が安まり、恐らくもっと分別に満ちているはずだ。わたしが一緒に暮らしたことのある娼婦たちや、女たちの何人か、うっとうしい仕事や失業状態、狂気と窮乏の幾晩もの夜のことを理解する手助けをしてくれそうだった。わたしが考えるに、この大聖堂に一歩でも足を踏み入れた者は誰であれ何かを思わずにはいられなくなるはずで、その思い次第では人を改宗へと導くやもしれない。しかしわたしの場合はそうではなかった。もしもわたしが改宗したり、信仰したりしたとすれば、悪魔をひとりぼっちで地獄の炎に包まれたまま見捨てなければならない。それはわたしとしては親切とはいえない。というのも、スポーツ競技などでわたしはほとんどいつも弱者のほうを応援しがちで、宗教上の事などでも同じ病癖に襲われてしまうからだ。また、わたしは考える人間ではなく、感じたままに従って行動するからだ。わたしの感情はといえば、不具者や責め苦に苛まれた者、呪われた者や堕落した者に歩み寄る。それは同情などからではなく、同胞意識からだ。何故ならわたしも彼らの一人で、堕落し、途方に暮れ、はしたなくてさもしく、怯えていて、臆病だからだ。不正きわまりなく、優しいとしてもほんの一瞬だけで、たとえわたしが食い物にされているとしても、そのことに気づいたところで何の助けにもならず、何の救済にもならず、その事実をより強固なものにしてしまうだけだ。

大きな神はわたしのためにあまりにも多くの銃を持ちすぎていて、あまりにも正しすぎて、あまりにも強力すぎた。わたしは許しを得たり、受け容れられたり、見出されたりしたいのではなく、そんなことよりもずっと取るに足りないこと、それほど大それてはいないこと、心もからだも人並みの美しさを持った女性、自動車、住む場所、いくらかの食事、それに歯痛やタイヤのパンクにはそうそう縁がないこと、死を前にして長患いしたりしないことなどを望んでいた。ひどい番組だらけのテレビもまた歓迎だし、犬も素敵、ごく限られたほんの僅かな友だちに元気な一物、それに死に至るまでの時間を埋めつくすだけ存分に飲めること、その死に関しては、(臆病なわたしにしては)ほとんど恐れてはいなかった。わたしにとって死はほとんど何の意味もない。次から次へと続くひどい冗談の最後のひとつにしかすぎない。すでに死んでいる者にとっては死は何ら問題ではない。死はまたひとつ別の映画で、結構なことだった。死は亡くなった人間と何らかの関係のある残された人間に対してさまざまな問題を引き起こすだけで、それらの問題は亡くなった人間が後に残した財産の大きさに正比例して、どんどん厄介なものとなっていくのだ。どや街の浮浪者の場合なら、問題はがらくたの処理だけとなる。裕福に生まれついた者がいるとしても、みんな一文無しになってこの世を去っていく。もちろん、芸術家の場合は、話がちょっと違ってくる。芸術家は死にあたってちょっとした遺臭を残し、それを不朽のものだと呼ぶ人たちもいて、当然の如く、作家の功績がすごければすごいほど、残す悪臭はひどいものとなる。絵の世界であれ、音楽の世界であれ、活字の世界であれ、彫刻の世界であれ、何の世界であれ。しかしこの不滅ということは遺された人々の過ちでしかない。彼らはその悪臭にしがみつき、それをほめそやす。決して芸術家本人のせいではないのだ。芸術家にはわかっている。作品は人生ではないのと同様、不滅でもない——ただちょっとした賭けなのだ。それで十分。あとは次の奴が運を試す番だ。

大聖堂の中に立っているのに飽きてきたというわけではなく、わたしはついさまざまな物思いに耽ってしまい、しかもいつもと同じように、二日酔いで眠かった。かなり頑張ってみても、目を開けていることができず、それはそれでいいことだった。あらゆるものをしっかりと見るのは間違いだとわたしは真剣に思っている。それは消耗でしかない。ものごとは選ばれるべきなのだ。ほんの少しだけ摂取され、あとは残される。

人々は基本的な数式が理解できず、同じ輪の中をいつまでもぐるぐる回っているだけだ。だから気も立ってくる。そして夜、愛する人とのセックスを拒んだり、自分たちの子供たちをぶったり、消化不良を起こしたり、不眠症になったり、ガスがたまったり、潰瘍で出血したりして、節約や統率、管理、フリーウェイを憎悪し、それらはすべてはっきりとはしているが無益な憎悪で、爪先がひきつったり、背中が痙攣したり、不眠症の果てに悪夢にうなされたりする。というのも誰もが一日中ずっとしっかりと目を開けていて、あまりにも多くのものを見すぎてしまうからだ。

「こんなところからさっさとずらかろう」とわたしは自分と一緒に来たみんなに言い、わたしたちはそうした。ケルンでのことだった。

22 フランクフルト空港

またマンハイムにもどり、わたしたちは三週間フィックスの特別に安い航空券を使っていたので、帰りの日になるまで待たなければならなかった。パリにもどって、それからロサンジェルスに飛ぶよりは、フランクフルト空港から直接LAに飛んだほうがいいのではないかということになった。カールがわたしたちを旅行代理店に連れていってくれ、チケットの変更をして、便の予約もした。ということで、パーク・ホテルやカールの家で飲んだり、のんびりと休めたりする素敵な夜が、あと幾晩か過ごせる。ロサンジエルスを別とすれば、マンハイムはやはり、わたしのいちばんのお気に入りの街だったが、また違った理由で気に入っていた。とても清潔で穏やかで、住民はみんなごく普通でありのまま、わたしにとってはいい気分転換になった。それに、この街にはカールやヴァルトラウトがいる。わたしは二人が大好きだった。他人とはなかなかうまくつき合えない自分にしては珍しいことで、驚かされる。そんな人たちはそうそういるわけではなかった。めちゃくちゃなバーベットにリンダ・リー、わたしの娘。その他の人々は関係がない。せいぜい蠅や小石のようなものだ。いや、小石のほうがまだましだった。

気の毒なカール、彼はギンズバーグを翻訳しているところで、大変な仕事なのに、わたしたちは夜な夜な彼の家を訪れて飲んだくれる。しかしまたヨーロッパに来られたりカールに会えたりするのはうんと先の話かもしれず、一方ギンズバーグはこれから先も、恐らく何世紀にもわたって、安泰なのではないかとつい考えたくなってしまう。そこでわたしたちは邪魔をした。夜はいつも楽しく、カールはまじめくさった顔をした語り手なのに、とても話し上手で、あんなに楽しく笑うことができたのは、ほんとうに久しぶりのことだった。しかし出発の日がやってきて、カールにヴァルトラウトにマイキー、リンダ・リーにブコウスキー、それに荷物とすべてをのせて、カールの車はフランクフルトに向けて出発した。

長い道のりだったが、わたしたちはようやく辿り着き、荷物をすべて抱え、カメラも持って車から降りると、そこは大きな、それもとんでもなく巨大な空港で、とりあえずはヴァルトラウトとマイキーとに荷物を見ていてもらうことにして、エール・フランスを探して歩き始めた。もちろんエール・フランスはあったが、カウンターは空港の反対側の端で、わたしたちは自分たちの航空券を手渡した。そこにいた女性がコンピューターを操作し始め、それから手を止める。奥の事務所に入っていって、デスクの別の女性と何やら話し始める。

「ちくしょう」とわたしは言った。「何かまずいことがあるんだ」

「旅行代理店は問題ないって言っていたわ」とリンダが言う。

「多分追加の料金があって、それを計算しているんじゃないかな」とカールが言う。

何だかいやな予感がした。その場を離れて、ブラックのコーヒーを一杯飲みに行った。振り向くと、三人の若者たちがわたしを見てにやっと笑っている。「チャールズ・ブコウスキーでしょう」とそのうちの一人が言う。わたしは頷いた。みんなにやにや笑いを浮かべたまま突っ立っている。「待って」と一人の若者が言う。紙切れを三枚持ってもどってくる。彼らは空港で働いている人間たちだということがわかった。みんな制服のようなものを着ている。「ここにサインしてもらえますか……」

わたしはようやくのことで自分の名前を書く。昨夜の酒はかなりなものだった。わたしは冷や汗をかいていて、目まいもしていた。三枚の紙切れ全部にサインをして、ちょっとした絵も一緒に描いてやった。彼らがわたしに向かってにやりと笑う。「ありがとう、どうもありがとうございます！」と彼らがお礼を言う。「どういたしまして」とわたしは答える。

もどっていくと、カールが教えてくれる。「この航空券は使えないそうです。パリからロサンジェルスの便だけで有効な航空券です」

「なんてこった」とわたしは言った。「この空港にはありとあらゆる飛行機がとまっているというのに、わたしたちを乗せてはくれないということなのかね？」

「旅行代理店の女の子は自分のやっていることが理解できていなかったのよ」とリンダが言う。

「追加料金を払うよ」とわたしは言った。「わたしたちは飛行機に乗りたいだけなんだ」

「カウンターの女性が言うには、これは割引料金の航空券で、パリからロサンジェルスの便でしか使えないそうです」とカールが言う。

わたしたちはみんなでその女性のもとにもどった。フランス語、英語、ドイツ語で話しかける。少なくともわたしたちは話しかける努力をした。わたしたちがどうしても飛行機に乗りたいのなら、フランクフルトからロサンジェルスまでの片道の航空券をあらたに二枚買うしかないと彼女が教えてくれる。

「わかった」とわたしは答えた。「いくらかね？」

彼女は鉛筆で何やら計算してから、一枚につき八百四十五ドルになると告げる。

「わたしはノーマン・メイラーじゃないぞと彼女に言ってやってくれ」とカールに言う。

わたしはこのまま空港に寝転がって、何もかも投げ出してしまいたい気分になった。旅行をするのが好きな連中をわたしはいっぱい知っている。それに殺されるかもしれないという現実にスリルを覚えるからと、真っ暗な裏通りを歩く連中もいる。

「パリまでの列車に乗るしかない、それだけの話だ」とわたしが言う。

「何か食べましょう」とリンダが言った。

わたしたちは荷物を積んだカートを押してレストランの中に入り、テーブルについた。わたしたちが座っていると、ウェイターがやってきて、何かで足を滑らせる。彼が転び、持っていた大きな盆も落っこちた。皿が割れ、料理が床の上にぐちゃぐちゃにまき散らされる。かなりの量で、わたしのすぐそばにも飛んできた。突然すべてが静まり返った中、ウェイターは起き上がると、まわりのみんなに注視されながら、床に落ちた料理や割れた皿の破片を手でかき集め始める。いいじゃないか、少なくとも彼は家に帰ってマスターベーションをして、それから求人欄に目を通すことができる。誰か別の人間がやってきて、彼を手伝う。一緒にほとんどの散乱物をかき集めると、今度は食器を下げる係の人間か、あるいは皿洗いかがモップを持って現われ、床の上を掃除する。一度か二度、濡れて汚れたモップの切れ端が、わたしのくるぶしにぴしゃっとあたった。人生は耐え難いものだというのは紛れもない事実で、ほとんどの人間はそうじゃないふりをするように、むりやり教え込まれているだけだ。時折、自殺があったり、精神病院に入院する人間も出てきたりするが、たいていの場合、大多数の人間は、すべてが正常で楽しいというふりをしながら、日々を過ごし続けている。

しばらくしてからわたしたちは注文をした。別のウェイターだった。滑って転んだウェイターはどこにも見当たらない。多分トイレでマスターベーションをしているか、さもなければ母親に電話をかけているのだろう。わたしは無秩序が理解できるようになった。ビールを二本注文する。ほかの者たちはさまざまな食事に紅茶、レモネードにツタで飾られたアイス・クリーム、それにチェリー・タルトを注文した。

「そのビールを飲むとあなたは気分が悪くなるわよ」とリンダ・リーが忠告する。

目の前に座っているカールは、レンズの厚さが一・三センチの眼鏡を通して周囲を見つめ、一方マイキーは紙ナプキンにせっせと火をつけている。

「あーあ」とカールが口を開く。「何て**ばかげた**こった！」

すぐにも食事が運ばれてきたが、あらゆる空港にあるものと似たり寄ったりで、誰一人として食べられなかった。マイキーが自分のフレンチ・フライの皿にいちばん真剣に取り組んでいたが、三分の一ほど食べたところで投げ出し、料理に火をつけようとする。うまくいかなかった。それらはすでに火の洗礼を受けていたのだ。

そこでわたしたちは食事を終え、またすべての荷物やカメラを抱えて車まで引き返すことになり、全部車の中に積み込み、人間も全員乗り込み、列車の駅に向かって出発した。駅まで送り届けてもらうことで、わたしたちはカールの時間をもっと食い潰し、ヴァルトラウトはわたしたちに同情的で、マイキーは全宇宙を試さんとばかりに出番を待っている。彼らのような友だちがいるということは、鮫の犠牲になるようなことは永遠にないということであり、さりげなくて目立たない人の行為を、死んでしまったような大聖堂よりも、ずっと素晴らしい、奇跡のようなものにしてしまうのだ。

かくして、わたしたちはマルクとフランとドルとを持って列車の前に立ち、出発を待っていた。カールが声をかける。「あなたたちがパリに到着する頃に、バーベットに電話をするからね。もし彼をつかまえられなかったら、ロダンかジャルダンにかけてみる」

「ありがとう、カール……」

発車を待っている間に、わたしたちは手際よく写真を撮り、それから別れを交わしてから乗車し、駅を出ていく列車の窓からも手を振ってもう一度別れを告げた。気にかけてしまうと、こういうことは人生で最も悲しい出来事になってしまう。だから、いちばんいいごまかし方は、うんざりしてしまったかのように振る舞うことだ。そうでなければ何だか気恥しいことになってしまう。おまけに走り出した列車は止まったり、逆方向に走り出すようなこともない。いずれにしてももう引き返せないわけだ。だからそれはどこか緩慢な死のようでもあり、しかしそれほどいいものではない。さっさとコンパートメントに入って席に座るにこしたことはない。そこで地図や煙草を探したり、自分の荷物が頭の上に落ちてこないか確かめる。それから、シートのひじ掛けが上げたり下げたりできるのかどうかも確かめ、そうであればからだをゆったりと伸ばすことができる。パスポートと便秘の調子とを共に確かめ、そしてゆっくりと、いつどうやって最初の一杯を始めようかと思いを巡らせればいい。

Andernach

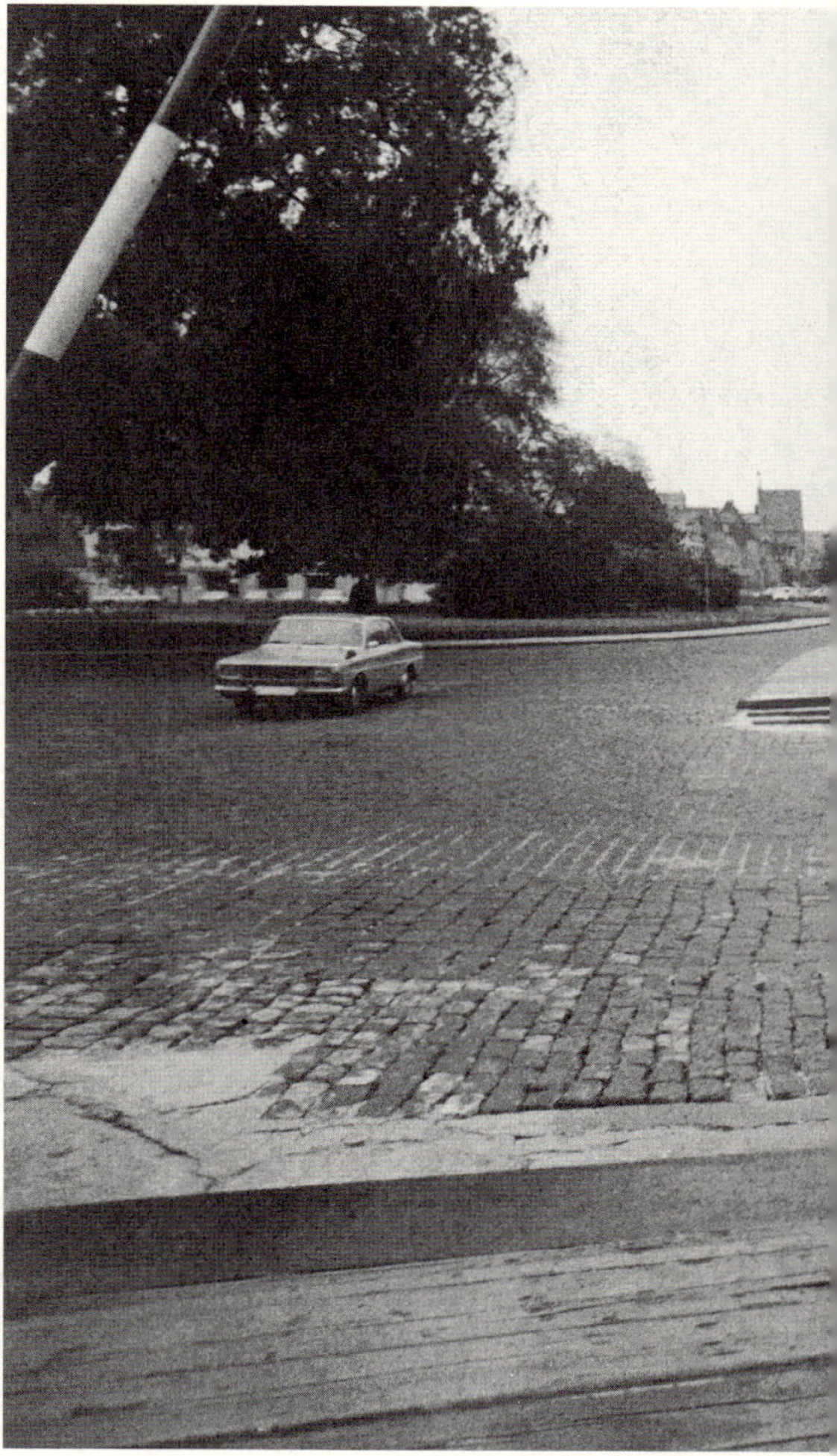

アンデルナッハ、一九二〇年八月十六日にわたしが生まれた街。

ハインリッヒ叔父。

わたしが生まれた家。

スウェーデンの砲弾。アンデルナッハで。

KD Koln-Dusseldorfer

ach

Ander
ANDERNACH
341/1970

この大きな神は、わたしのためにあまりにも多くの銃を持ちすぎていた。

ケルン。大聖堂を見学し

Achtung

ロサンジェルスを別とすれば、マンハイムはやはり、わたしのいちばんのお気に入りの街だ。

4 HERMOSOS NOVILLOS

DIPLOMA

それに、この街にはカールやヴァルトラウトがいる。わたしは二人が大好きだった。

カールの家で。

Hamburger
Coca-Cola
Coca-Cola
DSG

WC

2 bis B 59 ↑
kets- and Passport control
ernational passengers only

23 パリ行き列車

食堂車もなければバーの車両も連結していないが、カートの売り子がすぐにもやってくると、リンダ・リーがわたしに教えてくれた。

「へえ、通路を行ったり来たりせずにすむよう、ちゃんと教えてくれたんだ」

「違うわよ、この紙にそう書かれているの」

「わかった」とわたしが言う。

「パリの駅にバーベットが来ていなかったらどうする?」

「そうだね、どこかのホテルを見つけて、それから問題を解決することにしよう」

「ロダンが来ているかもしれないわ」

「あるいはジャルダン」

「バーベットのほうがずっといいのに」

「そのとおりさ。どうすればLAにもどる飛行機に乗れるのか、わたしたちはみんなで必死になってその答を見つけ出そうとしていたんだ。まいったよ、もどれたら大喜びさ。あれはもっともたちの悪い悪夢だったね」

「あら、わたしは気に入ったわよ！　もっと長くいられないかしら？　パリで二週間過ごしましょうよ。あの娼婦たちのお相手を一人ぐらいさせてあげてもいいわよ」

「だめだ、わたしはハリウッドにもどりたいんだ。オッズ表示板のある競馬場に行きたいし、わたしのタイプライターが壁を震わせる音も聞きたい。観光客用のちっちゃな外国語のガイドブックを持たずに店に入って、食事を注文したいんだ。わたしのいかれた猫にも会いたいし！」

「お酒が必要なようね」

「酒も必要だし地理の変化も必要だ」

「座ってカートの売り子が来るのを待つのよ。落ち着いて」

「わかった」

「靴を脱ぎなさいよ」

「わかった」

わたしたちはシートに座って過ぎていく風景を眺めた。自分たちの家にいる者どもは、みんな椅子に座って、気楽で健全、寛いで、死の訪れを待っている。

「ハンク……」

「何だい？」

「財布をなくしたみたい。二人のパスポートも、わたしたちの全財産も、二人分の飛行機の航空券もみんなその中に入っているわ……」

「きみが尻に敷いているよ……」

「あら……」

リンダが財布を取り出して、中を開けてみる。「パスポートは二人分あるわ」彼女はなおも確かめ続ける。「ハンク……」

「何かな?」

「わ、わたしの航空券しか見つからないの……あなたのが入っていない……」

「ええっ、くそっ……」

「あなたはずっといなくちゃね。わたしを飛行機に乗っけてくださる?」

「探し続けるんだ!」

「だめよ、憶えていないの? フランクフルトの空港で、カウンターの女性は上司と相談しようとわたしたち二人の航空券を持ったまま奥の部屋に入っていき、出てきた時は一枚しか持っていなかったはずよ」

「それならどうしてきみはその時……」

「待って、これは何? あら、あったわ……」

そして彼女は声をたてて笑う。「あなたをかついだのよ、そうじゃなくって?」

「ああ、そのとおりさ……」

ちょうどその時、カートを押した男がやってきた。わたしは彼のカートを物色する。

「きみのカートに赤ワインはたった四本しか積んでいないということなのかな？」四本とも小さなボトルで、全部でワイン・グラス二杯分にしかならない。その四本だけ。それしかなかった。ほかには何もなくて、あとはソフト・ドリンク、チーズとハムのサンドイッチ、袋入りのピーナッツ、砂糖菓子、絵葉書、袋に入った避妊具、おもちゃ、風船、まがいもののオペラグラス、それに知恵の輪といったところだった。

「ここに来るまでにワインはほとんど売れてしまったんだろうね？」

「いいえ、ワインは二本売れただけです。もっとご入り用ですか？」

彼はまだ若くて、変なアクセントなど少しもない完璧な英語を喋った。まったく驚嘆させられる。

「ああ、もっとほしいね」

「どれぐらいもっとですか？」

「きみが持ち合わせているだけ全部」

「このカートを見ていてくださいますか、すぐにもどってきます」

わたしたちは最初の二本のワインの蓋を開けた。

「いい人ね」とリンダが言う。「それに何て自然な英語なの」

「彼はたぶん故郷にもどれなくなってしまったアメリカの放浪者なんだよ。ここで永遠にさ迷ったまま」

「もっとひどいことが考えられるわ」とリンダが言う。

「わたしもだよ。運動神経をなくしてしまったとか、末期癌を患っているとか」

「気づかなくって」とリンダが遮る。「この列車はわたしたちがもといたところへ、もどっているんじゃないかしら。駅の名前を全部憶えているような気がするの。以前に通った時のことを憶えているような気がするわ」

「ねえ、カールがわたしたちをこの列車に乗せてくれたんだよ。これはパリ行きだって彼は言ったじゃないか」

「あなたがカールのことをとてもよく思っているのはわかるわ。確かにそのとおりよ。彼は素晴らしい翻訳家にして素晴らしい友だちで、素晴らしい人間でもあるわ。でもそんな彼でも得意じゃないことがあるのよ。空港でのいろんなこととか、発車時刻とか列車のこととか。そうよ、彼はちゃんとわかっていなくて、ぼうっとしてしまうのよ」

「このあたりの町はどこでも同じように見えるよ。ワインをお飲み」

「そんなことじゃないのよ。駅の名前のことを言っているの。わたしは憶えているのよ」

リンダが立ち上がって、わたしたちの乗っている車両のいちばん後ろのほうまで行く。そしてもどってきた。「あそこの標示はハイデルベルクになっているわ。わたしたちはハイデルベルクに後もどりしているのよ。間違った方向に走っているのよ」

わたしも立ち上がって、標示を見に行く。〝ハイデルベルク〟になっている。「何てこった」とわたしは言った。「気の毒にバーベットはパリの駅でずっと待っていたとしても、わたしたちには会えっこないんだ！」

わたしたちは座ってワインを飲んだ。

するとカートの売り子がもどってきた。ワインを八本も抱えている。

「これはどうもご親切に」とわたしが言う。

「どうってことありませんよ」と彼が答える。「気にしないで」

彼にワインの代金を払い、チップもはずんだ。カートを押して去っていく。

「すべてがうまくいかなくても少しはいいことがあるもんだ」とわたしは言った。

「そうね」とリンダも言う。「もう一度ハイデルベルクを訪ねるのもそれほどまずいことではなさそうね。気に入っているのよ。またお城を見に行きたいわ」

「リンダ、わたしはとにかくハリウッドにもどりたいんだ。タコスの売店によっかかって、街の様子をじっと眺めていたいんだ」

わたしたちは座ってワインを飲み続け、夜の中を過ぎ去っていくさまざまなものを見つめていた。

「おかしいね」とわたしは質問する。「どうしてわたしたちはあのカートの若者にこの列車はどこ行きなのか尋ねなかったんだろう？　彼は完璧な英語が喋れたじゃないか。

きっとワインを手に入れることで頭の中がいっぱいだったんだろうな」

「車掌に聞けばいいわ」

「そうか」

わたしは立ち上がって、車掌がやってくるのを待った。ふつう彼らはコンパートメントを回っていく。すぐそばを行く車掌の姿が目に入った。「おい！」とわたしは大声で叫ぶ。「おーい！」彼はたちまちのうちに走り去っていく。

身なりのいい男が一人、通路に立って、車窓から外を眺めていた。彼に近づいていって、すぐ隣に立った。わたしには気づかないふりをしている。わたしは英語で尋ねた。

「失礼ですが、この列車はパリ行きですか？」

彼は自分の腕時計を指さした。

「時間ならわかります」とわたしは言う。「わたしが知りたいのは、この列車がパリに向かっているのかどうかということです。この列車はパリ行きですか？」

彼は突っ立ったまま、窓の外を見ている。返事をしようとしない。わたしは彼の服の袖を引っ張った。「この列車はパリ行きですか？」

彼は自分の腕時計を確かめる。「七時十五分だ」と彼が言う。

わたしはワインが結構まわっていた。彼のそばにもっと接近する。「尋ねるのはこれが最後です。もしもわたしに教えてくれなかったら、きっとあなたの身にとんでもないことが起こるでしょう。そこで最後にもう一度だけ聞きたいんですが、『**この列車はパリ行きですか？**』」

「はい、そうです」と彼が答えた。

「どうもありがとう」とわたしは彼に言う。

コンパートメントにもどって、席に着いた。「わたしたちはパリに向かっているよ」とリンダ・リーに教える。

「どうしてわかるの？」

「ある紳士が教えてくれたよ」

　ワインはさっきよりもおいしく思えるようになり、それからほどなくしてフランスの税関の係員たちが乗車してきて、わたしたちは正しい方向に向かっているのだと最終的に確認することができた。わたしは彼らの制服や手際よさが気に入った。子供の頃、わたしはフランス軍や、アメリカ軍、それにドイツ軍のおもちゃの兵隊を持っていた。自分のベッド・カバーの上に塹壕を作って、戦闘を繰り広げさせるのだが、いつでも最後に勝利を収めるのはドイツ軍だった。わたしたちは二度にわたって税関の検査を受けた。よくわからなかったが、最初に調べたのは警察の人間たちで、二番目は軍の人間たちのように思えた。軍の人間たちのほうが気に入った。彼らはそんなに太っていなくて、羞恥心を持ち合わせているようだった。いずれにしても、パリが少しずつ近づいてくる。

これまでずっとわたしはとんでもない作家で、街のさまざまな場所の名前、風景や季節、それに崇高な気持ちなどについては何一つとして書き留めてはこなかった。そんなものはいずれにしても取るに足りないたわごとでしかない。現代人ですらパリにはいまや見るべきものは何もないと認めているではないか。しかしほかのどの街とも同じように、パリは気が変になるにはいいところだとわたしには思えた。とにもかくにもアメリカ人観光客が大手を振って闊歩する時代は終わった。今の時代に旅をするのは、ビジネスマンかやくざ、それに大金持ちの一歩手前にいる人間だけだ。真の大金持ちは誘拐されてしまうので、旅に出るわけにはいかない。手近の金が底をつけばつくほど、金のない人間はよりやけっぱちになっていくが、いずれにしてもそんな連中にも考えたりするだけの脳みそがあるというわけだ。ほかの連中は、あたかも善人のごとくひたすら耐え忍び、テレビを見る余裕があるとしての話だが、テレビを見たりしている。もっと別の、頭を働かせることができる連中、金のない連中のことを、彼らの精神状態があまりよくないからといって強く非難することはできない。彼らの取る手段が支配者連中のように冷酷なものとなったりすれば、進んで味方をするわけにはいかなくなり、例えば、それは正しくて、これは間違いだとか、たぶんそんなことはするべきじゃなかったといったような発言もできなくなってしまう。しかし問題を引き起こすことこそがいつでも解決の糸口となってきていたし、耐え忍ぶ人間たちは、何世紀が経とうとも、何の反応も示さないままなのだ。それにこれからも彼は（もしくは彼女は、申しわけない、女性諸君）示すことはない。ほとんどの人たちが求めることはといえば、三度の充実した食事とセックスが少し楽しめることぐらいで、世界中ほとんどどこへ行っても、彼らは一人ずつみんな、こうした基本的な欲求すら拒まれているのだ。下層階級から這い上がってきた無学でもあるこのわたしは、美しい女性と一緒に列車のシートに座っていてパリへと向かっている。六十歳をもうすぐにして、混乱して頭をくらくらさせたまま、自分の運命についてぶつくさ文句を言っている。何というつまらない人間にわたしは成り下がってしまったことか……ええーい、くそっ、そうなのだ、わたしはあれもこれも何もかもが欲しいのだ……。

「きみのワインをちょっと飲ませておくれよ、ねえ……」

「ハンク、すごい勢いで飲みすぎているわ。気持ちが悪くなってしまうわよ……」

「わかっているよ。でもほんの一口だけだよ、ねえ、魂の隙間を埋めるために……わたしは弱い人間なんだ。一舐めでもいいよ、わたしの可愛い子ちゃん……」

「いいわ……」

「ありがとう……」

「あわてないでね、最後のボトルよ……」

列車は驀進し続け、車窓の外を見れば小さな村々が過ぎ去って行く。ドイツと同じように、こぎれいではあるが、へんてこで、どこかおとぎ話の世界から抜け出てきたようでもある。丸石が敷かれた細い道にとんがり屋根。しかしそれらの村々にもさまざまな苦悩が溢れている。肉欲、殺人、狂気、背信、役立たず、不安、無気力、邪神、強姦、酒浸り、麻薬、犬、猫、子供たち、テレビ、新聞、詰まったトイレ、盲いたカナリアたち、孤独……創作は逃避手段となり、叫びをあげるひとつの方法だが、とんでもない創作ばかりで、詰まって流れないトイレに、詰まって流れない創作。うんと昔のこと、セリーヌのようないい作家も現われ、わたしたちはその作品を読んで大いに笑わせてもらったが、それは何のチャンスもないということが彼にはちゃんとわかっていて、そのことをあまりにもあからさまに言っていたからだ。まったく、わたしはヨーロッパから脱出して、あのどっしりとしたタイプライターのもとにもどりたいだけなのだ。わたしの帰りをじっと待っているそいつは、次から次へとあらゆる種類の文章をひたすら吐き出し、このわたしにも手がつけられない。自由で、神聖さとは縁がなかったが、間違いなく幸運な代物だ。

「そんなにあれこれ思い悩まないで」とリンダが言う。「眠ったら」

幸運はほかにもあった。素晴らしい女性だ。五十六年かかって遂にリンダと巡り合ったが、待つだけのことはあった。たくさんの女たちと知り合ってこそ、男は一人の素晴らしい女性を見つけ出すことができる。運がよければ、そんな女性が待ち受けている。

人生で最初に出会った女性、あるいは二番目に出会った女性と落ち着いてしまう男など、世間知らずもはなはだしい。女とはどういうものか、まったくわかっていないと言える。男はちゃんとしたコースを辿らねばならず、それは何も女と一緒に寝て、一度か二度セックスをするということを意味するのではない。何か月も何年も女と一緒に暮らしてみるということだ。それを恐れる男たちのことをわたしは責めたりはしない。一緒に暮らすというのは、魂をいつ奪われてもいいような状態にすることだからだ。もちろん、男たちの中には、ただ何となく女性と一緒に暮らし、あきらめ、精いっぱいのことはやっているんだと言う者もいる。そうした男たちは山ほどいて、実際、ほとんどの者たちは休戦の白旗をあげて暮らしている。全然うまくいかないとはっきりわかっていながら、どうでもいいや、何とか間に合わせよう、また同じようなことを繰り返してもしょうがない、それよりも今夜のテレビは何か面白いものがあるかな？　といった調子なのだ。テレビは何もない、そうか、でもいずれにしても見ることにしよう、お互いのことを見ているよりはずっとましだ。自分たちのことをあれこれ考えるよりはましだ。うまくいかない二人のかすがいとなるのは、子供や教会よりも、むしろテレビだったりするのだ。

憎み合っているのに一緒に暮らし、仕事が嫌でたまらないのに失業を恐れている多くの人々を思うと、彼らの顔つきが見てのとおりの有様なのは当然だ。普通の人相を探そうとしても不可能なのだ。彼らに背を向けて、何か別のものを見る、たとえばオレンジとか、岩とか、テレビン油の瓶とか、あるいは犬のけつとか。監獄や精神病院にもまともな顔はない。死を目前にした人間におおいかぶさっている医者のまぬけ面といったら——。わたしは自分の顔も嫌いだ。わたしは鏡を憎む。我々はずっと昔、いつかどこかで、道を誤ったのだ。そして帰り道を探せない。くそっ、とんでもない話だ、自分たちの糞のほうが自分たち自身よりもずっとましに見えるとは……。

信じられないことだが、とうとうパリに着くことができた。とにもかくにもここはパリの駅だ。扉の把手を引いて、昇降段を降り、荷物を引きずり下ろす。手を貸してリンダを降車させる。

あたりを見回した。

「あら、ハンク、誰もいないわ！　どうしましょう？」

「まずはここを離れよう。タクシーをつかまえ、ホテルに行って、そこで方策を考えればいい」

「荷物を運ぶのにカートがいるわ」

「探してくるよ」

これもまた旅をする時に人々がおかすもうひとつの間違いだ。みんなは無用な荷物や無用なカメラを抱えて、自分たち自身の扱いに手を焼き、身動きが取れないようにしてしまっている。ポータブル・タイプライターに下着やストッキングの入った小さな鞄、ワインの栓抜きにポケット・ナイフさえあれば、それで十分だ。

　ホームの反対側の端に手荷物用のカートがあるのを見つけ、そちらのほうに向かった。ほとんどその場所まで行きかけた時、リンダの叫ぶ声が聞こえた。

「バーベット！」

　彼は逆の方向から手荷物用のカートを押してやってきていた。リンダが彼に向かって駆け出し、飛びついて彼の腰のあたりに脚をからみつけ、キスをする。わたしも同じことをしたい気持ちだったが、擦り切れた威厳と一万回もの二日酔いを抱えた男はもっとゆっくりと近づいていくしかない。

「バーベット、会えてよかったよ、ほんとうによかった……」

「上等の白ワインが冷えているし、魚も待ち受けているよ、最高においしい魚だ！　ほかの魚を食べてしまうというとんでもない代物さ。すごく気に入っているんだ。それにアメリカじゃ、その魚を食べようとはしないんだ。このとんでもなくおいしい魚をね。彼らは食べないんだ。カワカマスという魚さ！　すごい口をしている！　その頭ときたら！　獰猛で、細長くて、とんでもなくおいしい魚だよ。そいつをわたしが自分で料理するんだ。そいつを調理するわたしなりの特別なやり方があるんだ。とんでもなくまろやかになるんだよ。それに食事の前も食事中も食事の後もみんなでワインを飲もう！」

わたしたちはホームを進んでいった。荷物とからだとを彼の車の中に詰め込み、彼はその車をまるで野生の牡馬に乗っているかのように運転した。大笑いし、狭い抜け道を選び続け、一方通行の道を反対側から突っ込んでいき、また大笑いする。彼は死と戯れたがっていたが、わたしにはそれほど自殺的な行為には思えなかった。しかし、単にやってみるにはなかなか興味深いことのように思える。リンダはとても気に入っていたが、わたしは我慢していた。ところで、わたしは三作目の長編小説を書き終えていて、三作も書ければそれで十分というものだ。もちろん、わたしは四作目のことも考えていた。それは自分の子供時代についてのものだったが、子供時代についての長編小説というのは到底書き得るようなものではなく、あまりにも慎重すぎて退屈で、わたしはこれまでに一作として傑作にお目にかかったことはなかった。みんな書き方を知らない。それにわたしも懸念していた。誰もわたしの両親のことを絶対に信じようとはしないだろう。殺人者でサディストで善良な市民で……ああ、いけない、わたしたちはバーベットの家の前に到着していた。最上階まで行く小さなエレベーターがある。小さな金網でできた檻の中に人も荷物も押し込まれ、わたしたちは上に上がっていった……。

部屋ではバーベットのガールフレンドのビュルが待っていて、後で彼女が彼の映画に出演していることを知った。彼がわたしに記事の切り抜きをこっそりと見せてくれた。

「見たら返しておくれ、わたしが見せたって彼女に絶対に言っちゃだめだよ。すごく怒るから」ビュルは洗練されていたが、とてもとっつきやすく、髪はブロンドでくだけた恰好をしていた。才能のある人種は、日常生活の場ではつき合うのがとても難しいと思われている。何かでわたしが読んだり、噂話を聞かされたり、映画の中でお目にかかるような人種だ。しかしそうとは限らないことに気づいた。より才能のある人間たちはもっと気楽な人たちだったりするのだ。彼らは自分たちの不快なひとときを、一人でいる時のためにとっておいているのに違いない。

ワインが運ばれてきて、バーベットがコルクを抜き、グラスになみなみと注ぐ。みんなが口をつける。極上のワインだ。それからバーベットが台所に消え、魚を持って現われた。「こいつを見てごらんよ！　この歯を見てごらん！　何と大した生き物じゃないか！」

魚は彼の手に吊り下げられ、死んでわたしたちの前にその姿をさらしている。長くてぬめぬめとした元殺し屋は、死んでもなお見事で、見まがうことは決してなく、余分な脂肪もまったくついていず、まやかしとも無縁で、完璧な姿だ。突き進み、激しく動きまわり、あたりをきょろきょろと見回し、泳ぎ回る、ほとばしる生命の塊。道徳もなければ、信仰もなく、友だちもいない。

「これからこいつを調理するからね」とバーベットが言う。

彼は魚を持って姿を消し、すぐにも自動炊飯器を持って現われた。この炊飯器の厄介なところは、壁のソケットでは使えないプラグがついているところだ。そこでどうするかといえば、バーベットは間に合わせで二本の電線を使い、それらを接触させると、火花が飛び散る。危険な、とんでもないやり方だけどねと、彼は声をあげて笑うが、米が炊け始める。バーベットは新しいワインの栓を抜き、わたしたちみんなに注いでいく。それから自分のカワカマスと時を過ごすために台所へともどっていく。壁にはカワカマスの絵がかかっていた。

「その隣にかかっている絵のほうがもっと好きだわ」とビュルが言う。

マルクス兄弟の絵だった。わたしはカワカマスの絵のほうが好きだ。

出てきたその魚はほんとうに素晴らしく、わたしたちはみんなで味わい、次のワインも登場した。そう、誰もが生きていくために辛い時を過ごさなければならないが、恵みの時というものも訪れる。わたしはヨーロッパにはもううんざりだったが、その夜のパリはいい気分だった。わたしたちはそれからも何本もの多くのボトルとつき合い、朝になってリンダの隣で目を覚まし、アパートの中を歩き回ってみたが、バーベットとビュルの姿は見えなかった。仕事に出かけたのだ、と思う。通りの向こうを見てみると、ビルの中には机や電話が置かれた事務所の部屋が無数にあり、そこを人々が動き回っている。公けでとても安全な場所のように思え、自分がそのビルを回している歯車の一員ではないことにほっとした。わたしはバスルームに行き、快便をする。酒飲みは便秘とは無縁だ。顔を洗い、歯を磨いてから、ベッドにもどった。リンダが目を覚ます。「ハンク、だいじょうぶなの？」「ああ、そう思うよ。きみは？」「あら、わたしはだいじょうぶよ」「休もう」とわたしは言った。「いいわ」と彼女が答える。そしてわたしたちはそうした……。

24 パリ

……その日もっと後になってから、バーベットがわたしたちを現代美術館へと連れていってくれた。人々はチューブに乗って上へ上へと上がっていく。誰もが小さな蟻人間のように見える。バーベットが中に入ろうと勧めなかったことにほっとした。美術館に行くと、わたしはいつも感情が押し殺されてしまうような気分に襲われる。まだひどい映画を見るほうがましで、何かすごいものに対峙するような気分をほとんど味わわずにすむ。わたしは自分には偉大にも見えなければ、そう思えもしない、いわゆる偉大だと呼ばれるものに、まったく歩み寄ることができなかった。素晴らしい芸術家などそうそういるわけではなく、みんな壁や広間を何かで埋めなければならないだけの話だ。わたしは図書館に行っても同じことを感じた。書棚に並べられている本はみんなくずで、ほとんど何も言っていないも同然だ。

しかし、美術館の外はといえば、どうしようもない代物ばかりというわけではなかった。火喰い男や剣を飲み込む男、蛇使いに釘のベッドの上に寝る男、歌い手などありとあらゆる狂っていて気分が悪くなるような奇人たち、鍛えぬかれた者や哀れを誘う者、飢えきった者や自ら不具になった者たちがいた。わたしは自分がまた工場労働者の身にもどったような気分に襲われた。しかも超過勤務の。セメントの上に自分の血でメッセージを書いている男がいる。鸚鵡の首を絞めて、頭を食いちぎり、嚙み下してしまう男もいる。かと思えば、自分の作った歌に合わせて放屁し続ける男もいる。仲間の腕をゆっくりと折っていく男もいて、砕かれた骨が皮膚を破って突き出ている……。いたるところでちょっとした見世物が行なわれていて、みんなは地面に置かれている皿やソーサーの中に小銭を投げ入れていた。みんなは潰れてくたびれた声でうっとうしい歌を歌っている。空が曇ってきた。誰にとっても辛くてかわりばえのしない日がまた一日過ぎていく……。

車にもどると、ちょうどラッシュ・アワーで、バーベットはわたしたちを乗せて果てしのない高速道路を旋回し続けた。ぐるぐる回っているうちに、ガソリンの臭いがたちこめ、それを吸ってパリじゅうすべてが同じひとつのとんでもない頭痛を患っている。そこから逃れようとみんなはより強くアクセルのペダルを踏み込む。車から躍り出てバーベットの後ろについていくと、そこはバルザックがよく入り浸っていた場所だった。彼はそこに部屋を持っており、建物の中庭は公園になっていて噴水もあるが、母親と子供とが風船を飛ばして一緒に遊ぶような場所にしかすぎない。小さな店もいくつかあって、多くの店ではメダルを作っていた。なかなか立派なメダルで、自分の望みどおりの栄誉や勇気の証しを買うことができた。わたしたちはその店から出るとビールを飲むために別の場所に行くことにした。それはわたしのリクエストだった。バーベットはちょっとした用事で電話をかけに行った。フランス人が一人ピンボールをして遊んでいて、それを別の七人のフランス人たちが見守り、全員が彼がしくじることを望んで団結していた。それからわたしは気が遠くなってしまい、三時間ほどぼやっとして、しゃっきりすると車でピガール広場を走った。そこにはあらゆるフランスの娼婦たちがいて、見た目は彼女たちのほうがアメリカの売り出し中の映画女優たちよりもずっとましだった。ほとんどの女性は背が高く、お洒落で上品な恰好をしていて、その顔つきもアメリカの娼婦たちのそれのように厳しいものではない。自分たちの職業は真に高貴なもので、人に悦びと生きる意味とをもたらすとわかっているようで、彼女たちは実際そうしているように見えた。彼女たちのうちの二人がバーベットのことを知っていて、わたしたちが車で通り過ぎる時に、彼の名前を呼んだ。その時わたしはパリのことをより理解することができた。

その夜わたしたちは、立ち並ぶ映画館から大通りをはさんで少し高いところにある店の一軒で食事をした。わたしたちの下のほうでは、小さな車が競走をしていて、夜が更けるにつれて、スピードも増し、参加する車の数も増えていった。パリの人間たちは、夜通し飲んだくれて、食べ続けている。アメリカ人とは違って、彼らは次の日のことなど絶対に考えたりしない。あるいは、わたしにはそう思えた。それに、いつもと同じように、フランス人のウェイターは親切で有能だ。わたしはいまだに世界に名だたるスノッブなフランス人のウェイターを探し求めていた。どうやらまた新たな旅に出る必要がありそうだ。その夜のことはほとんど覚えていない。わたしたちは飲んで、食べて、飲んで、飲んだ。誰もがぜいたくに暮らしていて、この世に存在することはただのジョークでしかないようだった。

25 ロサンジェルスに帰る

バーベットがわたしたちをアメリカに帰る飛行機に乗せてくれた。わたしたちはひどい二日酔いだったが、彼が送り届けてくれ、さまざまな手続きも済ませてくれた。わたしたちは別れを交わし、ほんとうにロサンジェルスに向けて近づいていくことになった……。リンダは悲しんでいる。「あっという間だったみたい。もっと長くいたかったわ」

「ちくしょう」とわたしが答える。「頭を切り替えるんだ……アメリカの競馬場のこと、わたしたちの国の言葉のこと……」

「お城もちょっとだけだったし、パリもほとんど見なかった」

「だとしても、ハンブルクではいい朗読をしたし、フランスの出版社とも運のいいことにうまくいったじゃないか。本の売上げが伸びなきゃおかしいよ」

「あなたはまるでビジネスマンみたいな喋り方をしてるわ」

「わたしは悪に染まっていて、魂のかけらもないよ。わたしにとってはもう終わったことなんだ」

「あなたの叔父さんに会ったでしょう」

「丈夫でしっかりした人だ」

「猫は元気かしら」

「リンダ、あいつはだいじょうぶだよ。それよりもわたしの車はちゃんと動いてくれるかな？」

　わたしたちは最初の酒を飲んだ。赤ワインを少々。飛行機に乗っているのはアメリカ人だらけのようだ。みんなの仕草ときたら、まるで舞台の上にでも立っているようで、それでアメリカ人だと見分けることができる。それに顔がずっと大きくて、醜い。わたしはまた自分の群れの中にもどったわけだ。

「家が泥棒に押し入られたりしていないだろうね？」とわたしが言う。

帰りの旅は特に心に残るようなものではなかった。わたしは旅についての本を執筆するようにと依頼を受けていて、「いいよ」と答えたものの、旅が大嫌いな人間にとっては、とんでもない頼まれ仕事になってしまう。わたしはノーマン・メイラーが人類の月面着陸について、確か「ライフ」誌にだったと思うが、書いた時のことを思い出し、彼のことをどれほど気の毒に思ったかを思い出した。それからそれを書くことによって彼に支払われた金額のことに思いを馳せ、そうだな、彼はただベーコンと借家をあてがわれ、古いタイムレコーダーを押し続けていたのだろうなと思った。噂ではその文章を書いたことによって彼が手に入れた原稿料は一万ドルということだった。わたしのほうが幸運だった。わたしは前払い金ももらっていないし、出版の約束もしないで書いている。しくじるとしてもぶざまなしくじり方はしないから、誰かが傷つくこともない。わたしの場合は、いつもずっとそんなやり方だった。そうやって左で鋭いジャブをかけておいて、右の一発を的に向けて打ちおろす……。

アメリカの税関は最悪だから、あまり飲みすぎないようにとバーベットがわたしに忠告してくれていた。確かにかなりひどいもので、わたしたちはかろうじてしらふで、わたしは人の群れにもみくしゃにされながら、自分たちのスーツケースが間違いなく滑り出てくるのを確かめるべく待ち受けていた。みんなは豚か愚鈍な者のように、ぶうぶううなりながら、押してくる。頰の皮膚がかなりの量だらりと垂れている太った男が、わたしに自分のからだを凭せかけて、人込みの中で一息ついている。わたしは右手の握り拳を左手で包み、右腕の肘をそいつの胃のあたりに命中させてやった。息がとまり、真っ青になって、放屁してから、群がる人間たちの後ろのほうに倒れる。わたしはスーツケースをひとつ見つけ、それからもうひとつも見つけた。リンダはひしめき合う人の群れに気分が悪くなり、ふらふらしながら後ろのほうに一歩下がって立っている。わたしは荷物を全部手に入れて、外に出す。パスポートを確かめる列を通過し、あとは荷物のチェックさえ受ければ、自由の身になれる。いい係官にあたった。リンダの機内持ち込み用のショルダー・バッグだけを開ける。「何をしているんですか?」と彼はわたしに尋ねる。

「わたしは作家だ」

「へえ。何を書いているんです?」

「一口では言えないね。書くたびに違うんだ」

「結構です」と彼が言う。「以上です」彼がバッグのジッパーを閉める。わたしたちがスライド台の上の荷物を引き寄せると、黒人の係員が二人、それらすべてを引っ掴もうとすごい勢いで駆け寄ってきた。彼らは荷物をどこか別のところへと素早く運び移そうとしていて、移された場所ではまた新たに待たされることになり、そこでもまた荷物がぐるぐると回されたり、押し合いが行なわれたりする。

「いいよ」とわたしは言った。「荷物は自分たちで運ぶから!」

彼らは聞こえないふりをして、荷物に摑みかかる。

「わたしは『いいよ!』『いいよ!』と言ったんだぞ! 荷物は自分たちで運びたいんだ。わからないのか?」とわたしは大声をあげた。

「はあ? それなら手荷物の預かり札をこちらにくれなくちゃ」

「もちろんさ、ほらこれだ……」

わたしたちは税関から、空港の一般の場所へと出た。そこで一階までエスカレーターで下りなければいけないことに気づいた。リンダがわたしの先に立って歩いていく。わたしは運んでいた荷物を床の上に置き、煙草に火をつけて口にはさみ、それから荷物を持ち上げてまたエスカレーターのほうに向かって歩き出した。

すると女性の声が聞こえる。若い女性の声で、彼女はこう言っている。**「ねえ、あの人誰だか知ってる?」**

「何だって？　誰が？」

「スーツケースを運んでいるあの年取った男よ……あの天才的な人よ……短編小説や詩、それに長編小説も書いているわ……」

彼女はわたしのことを喋っていた。彼女はわたしのことを知っている。エスカレーターのいちばん上のところまで辿り着いた時、彼女がわたしについて言ったことを認めることにした。荷物を下におろし、振り返って、手を振る……すると、くそっ、わたしのスーツケースのうちのひとつ、やたらと重い一個、サムソナイトが引きずられていって、どたばたとすごい音を立てながらエスカレーターの上を落ちていき始めた。それはまるで自分の意思を持った野生の獣のようだった。ぶつかったかと思うとひっくり返り、けたたましい音を立てたかと思うと何か狂ったもののように跳ね上がる。エスカレーターの途中あたりまで下りていたリンダが、落ちてくるスーツケースに気づいて、横に飛びのいた。すぐに彼女が大声をあげる。**「気をつけて！　気をつけて！」**エスカレーターのいちばん下あたりにいる二人の年取った女性めがけて、金属製のスーツケースは狂ったようにすごい勢いで落ちていく。そのうちの一人が横に飛びのき、もう一人もそうするが、彼女のほうは幾分のろかった。スーツケースの一部が彼女の脚の下のほうにあたり、まともにではないにせよ、かなりの打撃を受けた。

残りのスーツケースを持ってエスカレーターを下りたわたしは、赤ワインと白ワインの臭いをぷんぷんさせている。下りたところに二人の年取った女性が、警備員とリンダと一緒に立っていた。

「ほんとうにすみません」とスーツケースがぶつかった年寄りの女性に向かって言う。「わたしの手から離れてしまったんです。だいじょうぶですか?」

訴訟だ、とわたしは思う。ちくしょう、訴訟に弁護士への報酬、非運の人生を一生送る羽目になる。ほんの僅かの光が透けて見え始め、どうなったかと言えば……。

「ええ」と年寄りの女性が答え、脚の裏のあたりを手で探る。「だいじょうぶだと思うわ」「でも、ホノーラ」ともう一人の年寄りの女性が言う。「もっとちゃんと確かめなくちゃだめよ、きっと怪我をしているわ。こうしたことはもっと用心してかからなくちゃ」

この年寄りの性悪女め、こいつは訴訟のことを考えていて、せしめた金を山分けしたがっている。強欲さが彼女の目にちらりと見て取れる。

「わたしたちはくたびれきっているんです」とリンダが口を挟んだ。「海外からの長旅から帰ってきたばかりなんです。彼はスーツケースが手に余ってしまっただけなんです」

「だいじょうぶだと思うわ」とホノーラが言った。

「少し歩き回ってみたらどうですか?」とわたしは聞いてみた。「だいじょうぶか自分で試してみれば?」

何てこった、とわたしは思った。わたしはまずいことを言ってしまった。

「わたしはだいじょうぶよ」とホノーラが言う。

「ねえ、ホノーラ」ともう一人の性悪ばばあが言う。「このことはよく考えてみなくちゃだめよ……」

「じゃあ、すみませんでした、奥さんがた、おやすみなさい……」

警備員はそばに突っ立っているだけで、一言も喋らなかった。

わたしは荷物を抱え上げて、歩き出した。リンダも自分の荷物を持って、わたしに続く。

「あいつら、わたしたちの後をつけてくるかい？」わたしはリンダに尋ねた。

「まだあそこで警備員と一緒に立っているわ」

「まだ一件落着というわけではないね」

わたしたちはムービング・ウォークに乗っていた。

「やつらはまだあそこにいるかい？」

「ええ」とリンダが答える。

「もしかして彼女は歩けないのかも。警備員が警笛を吹くかもしれないぞ」

「わかってるわ！」

「もう一人のあのくそばばあのことがわかるか？　あいつは訴訟のことを考えていたんだ」

「わかってるわ！」

「もう一人のあのくそばばあめ、あいつは怪我なんかしちゃいなかった！　もしかして打撲傷！　それでもやつらはここぞとばかりにとことんうまくやって、法廷に持ち込むことができる！　どこかのいやらしい弁護士野郎！　どうすればみんなを食い物にできるのかやつらはちゃんと心得ているんだ！　弁護士は医者よりもたちが悪いよ！　やつらはすべてを奪い尽くして、何ひとつ与えようとはしない！」

「わかってるわ」

わたしたちはムービング・ウォークの終点に辿り着き、ロビーに出ていった。出入り口のドアを素早く抜けると、みごとなタクシーの列ができている。全部黄色だ。わたしたちは最初の一台に乗り込んだ。荷物を後ろのトランクに入れてくれた運転手に、「ハリウッドまで、よろしく」と行き先を告げ、彼はわたしが言ったことを正確に理解し、ここには言語の障壁など一切なく、「ハリウッドのどこまで？」と彼が尋ねる。そしてわたしが答える。「イースト・ハリウッド、ウエスタンのハリウッド大通りとサンセットとの間」それからわたしは彼にタクシーを運転するのはどんな気分かと尋ねてみた。というのもわたしは昔タクシーを運転したいと思ったことがあったのだが、自分がほんの少しだけ服役したことを願書に書き込むのを怠ってしまったがために、それがばれて仕事に就けなかったのだ。それでおしまいだった。彼は運賃を稼ぐためにスピードを上げるのがどんなに大変かといったことから話を切り出した。確かに彼の言うことは正しい。運賃を稼ぐためにスピードを上げるのは大変なことだ。大変といえばユタ州の銃殺刑執行部隊の一員となるのもそうで、引き金を引いても入ってくるのは百二十五ドルだけ。命中したのは自分が撃った弾丸なのか、それともほかの四、五人の銃から発射されたものなのか決して確かめることはできない。皿を洗うのも大変なら、通りを歩くのも大変で、眠るのも大変なら食べるのも大変、時にはセックスをすることすら、これまた大変なことだ。

わたしたちはアメリカに帰ってきていて、メーターがカチカチと音をたて続け、わたしがしなければならないことはといえば、もう一度書くということだけだった。

エピローグ

ヨーロッパ

ラ・ブレア通りにある
フォルクスワーゲンのサービス・ステーションにいると
若者が一人入ってきて
わたしの名前を呼んだ。
全国的な雑誌の
編集者で
その雑誌は一風変わった短編小説を
掲載していた。
その中には
わたしの作品もあった。

彼は大きくて濃い
サングラスをかけている。

わたしの彼女は若い女の子たち二人と
マクドナルドのまずい
コーヒーの話をしていた。
わたしたちは彼の車を見ようと
裏手に出た。
手作りの車だ。

「どうしてもっとたくさん小説を
送ってこないんだ?」と彼が尋ねる。

わたしは彼を見つめる。「きみは
コークをやっているってわけだな、ボビー?　二か月ほど
わたしもやったけど、手に
負えなかったね、朝になると
怖くて台所に
行けないんだ。というのもそこには
肉切り庖丁があったからね」

彼の車はとびきりの年代物で
真っ赤、屋根がたたみ込める
コンバーティブルで
ハンドブレーキが
脇に取りつけられていた
（左手で
引っ張ることができる）

「とことんくたびれはてたよ」とわたしは
彼に言う。「とにかく詩を書いているんだ、
一月に百篇もね。きっと
いつ二十七階の高さから
エレベーターシャフトに飛び込んでも
おかしくないと思うよ」
「きみは現役で最高の散文書きだって

みんな思っているよ」と彼が言った。

わたしは答える。「馬は思いどおりに走っちゃくれない。五月にヨーロッパに出かけるんだ。こんなことすべてからとにかく逃げ出さなくちゃ」

「一人で行くのかい？」と彼が尋ねる。

「彼女を連れていくよ」とわたしは答える。「だから死ぬまで飲むなんてことをせずに済むってわけさ」

「へえ」と彼が質問を続ける。「彼女はきみを止めることができるのかい？」

「止めることはできないさ」とわたしは声を出して笑う。

「わたしのペースをおとしてくれるんだ」

わたしたちは表のほうへもどる。
装備が取りはずされたわたしの六七年型の
フォルクスの横を通って。

職務にもどる時間は午後の
一時半で、まだ
一時二十分だ。
修理工たちはまだ
寛いでいて
コーヒーを飲み
にんまり笑いを浮かべ
ギリシア語や
スペイン語を喋っている――
わたしの車のエンジンの部品が
こっちのほうや

あっちのほうに
散らばっている。

「いい車だね」
とわたしは彼に言う。
「キリンのような脚をして
街でいちばん大きな
おっぱいの持ち主の
二十四歳の女性生化学者を
隣に乗っけて
サンセット大通りでこいつを乗り回している
きみの姿が目に浮かぶよ」

「とっくにやっちゃったよ」と彼が言う。
「乗っけていたのは、尻にイボのある
手相見の女だったけどね」

わたしたちはオフィスに
もどっていった。
何も
することがなかったりすると
人は
誰かに話しかけたりする。
わたしは最終レースに間に合う
算段をした。

みんな一緒に

ドイツがわたしたちを待ち受けている
空港の送迎デッキも道路も部屋も
そして食事をする場所も。
ドイツがリンダ・リーとわたしを
待ち受けている。
九十歳になるわたしの叔父も
待ち受けている。
ドイツやフランスで
わたしは作家として知られている。
何人かのアメリカ人の作家たちと同じように
ヨーロッパが最初に注目してくれる。

ハンブルクで

わたしは朗読をすることになっている。
ドイツは
わたしが生まれたところだった。
ハリウッドは
わたしが今生きているところ。

わたしはドイツへ向かう
競馬のことをいっとき忘れ
この部屋から抜け出す
ために。

シャーウッド・アンダーソンも
わたしたちと一緒に旅をするだろう。
わたしは思い出す
食糧が何もなかった時
何冊もの彼の本がどれほどわたしの心の糧となってくれたことか。

わたしたちはみんな一緒だ。わたしと
シャーウッド、アーニー、エズラ、そして
リンダ・リー。

わたしたちはパイロットの頭痛の種となるだろう。
わたしたちはスチュワーデスにあつかましく声をかけるだろう。

酒を手にしてわたしたちは
広い大西洋を越えていくだろう
経費を
負担してくれるドイツの出版社
経費を
負担してくれるフランスの出版社
パリで
九月に。

わたしたちは目をきょろきょろさせるにこしたことはない。

パーティの
証拠を残しておくための
カメラやノート

卑賤から身を起こせ！
わたしたちを見よ！
ジョークだよ。

わたしは微笑む
貧しかった時を思い
一生ずっと
そのことを決して
忘れはしない。

少なくともアメリカではみんなは
気づいていても秘密にしておく
わたしは帰って

隠れることができる。

わたしはとんでもない本をすべて読破し
今や作家となって
酒を片手に
広い大西洋を越えていく
シャーウッド、アーニー、エズラ、そして
リンダ・リーと一緒に。

KAUFHO

マンハイム初日。

マンハイム、カール・ヴァイスナーの家で。

ライン河を行く

ライン河は汚れている
ライン河には魚が一匹もいない
ウェイターがわたしたちの白ワインを運んでくる
それから彼の言うことに耳を傾ける――
アメリカ人の青年が
ビールを飲んでいる
そして舞い上がってしまったドイツ人の女の子たち
三人もとどんな風にして寝たのかわたしに教えてくれる
大声でその話をして
声をたてて笑う
とんでもない野郎はアメリカ人、
英語を喋って、
三人のドイツ娘を

自分のものにしている。
みんなわかっちゃいない。
城はどこかにないかと
わたしたちは窓の外を見る
見えるのは工場ばかり
そしてとんでもない野郎はアメリカ人
声をたてて笑うがその笑いは
不誠実なことこの上ない。
幸運なことに、わたしたちはそんなやつと一緒に
九日間も航海を続けるわけではない——
マインツまで
たった二時間の船の旅だ。
わたしたちにワインを飲み
旅が終わるのを
待つ。

カシャッ、カシャッ……

わたしが生まれた
ライン河沿いのアンデルナッハまで行くのに
わたしは河を渡る
フェリーボートに乗らなければならなかった。
わたしはわたしのレディと一緒だ。
並んで立って船を待っていると
カメラマンが二人わたしたちの写真を撮る。
一人はドイツの新聞から
派遣された男で、
もう一人は
今回の旅行についての本を書くようにわたしを説得して
わたしと一緒にこっちまでやってきた男だ。

カメラマンは二人とも
好人物だ。
わたしのレディとわたしとが
小雨の中で待っていると
二人は船着き場の上の別々の場所に
それぞれ位置を定めて
跪いたり、起き上がったり
前に寄ったり、後ろに
下がったり
カシャッ、カシャッ
　カシャッ
　　カシャッ
二人とも感じのいいドイツ人だ。
しかしわたしはわたしのレディに話しかける。「ほら、
とてもおかしいよ……二人とも
お互いのことを
とても意識している……」

するとわたしたちと一緒に
海を越えてやってきたカメラマンが
つかつかと歩み寄ってきて、わたしに
言う。「これじゃ全然だめだよ！
彼はわたしと同じショットを
撮っている！」
彼は頭に血がのぼっていた。彼がもっと複雑な状況に陥り
意気消沈してしまっているのをわたしは目撃したことがあるが
どんな時も彼は
平静さと冷静さとを失うことなく対処してきていた。

「落ち着けよ、マイケル」とわたしは言う。
「ちょっとしたスナップ写真じゃないか。
どれもこれも違っていて
それぞれ独自なものにきっと仕上がると思うよ……」

マイケルは背を向け
遠くからの引いた写真を撮ろうと
後ろのほうに駆けていき
一方でドイツの若者は
こちらに詰め寄って
片膝をついて
フラッシュをたき
クローズ・アップに挑戦していた……
青く塗られた貯蔵用の樽に
もたれて
マイケルが一休みしている。
すると樽が傾いて
横倒しになり
勢いよく
転がり始めた、
（船着き場は下り坂になっていた）

若いドイツ人の
カメラマンのほうへと。
樽は空っぽだったが、
その重みで
板が軋んだ音をたてる。
転がる樽を前に
わたしはドイツ人の若者に向かって
大声で叫んだ。「おい、気を
つけろ！」

ドイツ人の若いカメラマンが
横に飛びのき
樽は杭にぶつかって
跳ね上がり、ライン河に
落ちて
上下に揺れながら半分
水中に沈んだまま

岸から離れて流れていった……
ドイツ人の青年は片膝をつき
なおも写真を
撮り続けた。

二日か三日後
ドイツのカフェに座っていた。
それは一日中飲んだくれ
飲んだくれたまま夜になって
飲んだくれたまま朝になった時のこと
わたしは自分の飲み物に目を遣りながら
マイケルに話しかけた。
「ねえ、あれはとてもおかしかったね、
そうだろう?」
「何のこと?」と彼が聞き返す。
「新聞社から派遣された

あの感じのいいドイツ人の若者を
ガソリンの青い樽で殺そうとした
きみの手口だよ」

彼の顔に微笑みが浮かび、身を乗り出すと
わたしをじっと見つめて質問した、
とてもものやわらかに。「ハンク、いったい
何のことを言っているのかな?」

「職業上の嫉妬、
それがあんなことまでさせてしまうんだ……」

「でもね」とわたしのレディが
わたしに問いかける。「あなたには
職業上の嫉妬などないでしょう?」

「ああ、ないね……」

「ほら、ハンク」とマイケルが言う。
「だからそんなこと
ありえない話なんだよ」

この二人はいつも
ぐるになってわたしに歯向かおうとしていた。
もちろん、青い
ガソリン樽のように
それもまた
わたしが勝手に思い込んでいるだけの
話だったかもしれない。

わたしは自分自身を
絶対に信じようとはしないと
みんなからいつも言われた。
そこで

わたしは離れたところにいる
バーの女性に手を振って
同じものを三杯おかわりと
合図を送り
また
どこにでもいる、ありきたりの
人間にもどった。

マンハイムで。

ハンブルク、パーク・ホテルのバルコニーで。

ハンブルクの娼婦たち

アクロンの好色漢たちはいたるところにいる
わたしはやつらをいたるところで見かける
映画館の中でも
世界中のどの街ででも
しかしハンブルクの娼婦たちには
たった一度お目にかかっただけだ。

彼女たちは不朽の存在のように立って
待っている。

もちろん
彼女たちは不朽ではない。

そして彼女たちは雨に打たれて立っていた
ハンブルクの娼婦たちは雨の中
立っていた
どんなものにも
決して満足することのない
男の中にぽっかり空いている隙間を
自分たちの糧にしようと
待ち受けながら
すでに失われてしまったものを
探し求めている男たちを
待ち受けながら
それは苦痛を伴うことなく女との関係を持つということ
男にとっても
あるいは女にとっても。

雨の中
停まっている車の

フェンダーに寄りかかっている
ハンブルクの娼婦たちは
わたしにはとても調和がとれているように思えた——
遠目では。
近づいてみれば、欠点もあるだろうし
ひどい衰えにも気づくだろうとわたしにはわかっていた
たとえ苦痛に苛まれていなくても。

そして彼女たちは立っている
ひどい天気の中
ずらっと並んで
待っている。

アクロンの好色漢たちは
いたるところにいる。

しかしあの日

ハンブルクの娼婦たちは
美しかった。

ハンブルクでの朗読会②

GERRY
AND THE PACEMAKERS
PRÄSENTIEREN IHRE UNVERGESSENEN WELTERFOLGE:
YOU NEVER WALK ALONE · HOW DO YOU DO IT
FERRY CROSS THE MERSEY · I LIKE IT
IT'S GONNA BE ALRIGHT · I'M THE ONE · U.A.
Freitag 19.5.
MARKTHALLE
Charles Bukowski
IN DER MARKTHALLE
Einzige Lesung in Deutschland
Donnerstag 18.5. 20.30
EINTRITT DM 10,-

朗読会を終えて②

ドイツでの余興、一九一六年

スパッド機の一隊が丘を越えて飛んでくる
九一八部隊
地上二千フィートで
フォッカー機の一隊が迎え撃つ。

雲は白く
どこ吹く風、多くの
兵隊たちが銃撃をやめて
見守っていた。

まずはフォッカー機が降下して
片側に傾き
赤い煙が洩れ出て

機体の左側を
覆う

男が一人脱出し
あまりにも早くパラシュートをふくらませてしまい
彼の脚が
翼の上の何か――
ワイヤーに絡みつき――
そのまま
一緒に墜落していった。

するとスパッド機が突如として機首を
下にし
全速力で
地上目がけてまっしぐら
侵入を試みるも
不首尾に終わってしまう。

何もかもが調子が狂ってしまっている
ようだった。

それからフォッカー機とスパッド機が
一機ずつお互いに上昇し
機首の下のあたりをぶつけ合う――
操縦ミスで――
キスし合おうとする二人の恋人たちのよう
そして
しくじってしまう

空中高くで
一瞬静止し
それから二機は離れる
アダージョで
手と心はばらばら

音楽は何も聞こえぬまま

スパッド機がずっと南のほうで木端微塵になり
続けてフォッカー機も地上に激突した
それも塹壕を挟んだ
敵側の陣地に
しかし操縦士は
捕虜にしようにもあまりにも激しい損傷を受けていた
首は折れ、
大きな林檎のような
もの言わぬ頭が
操縦席から
だらりとぶらさがっていた。

それでおしまいだった
残っていたスパッド機は旋回して西のほうへと
飛び去っていき

残っていたフォッカー機も旋回して東のほうへと
同じように
飛び去っていった

何か目には見えない合図が送られたかのように
彼らは戦闘をやめて飛び去って
いった

それぞれの側から
見守っていた兵士たちは
心の中で口走る
いったいどうしたっていうんだ?

そして彼らは
銃撃戦を再開した

全員が

また撃ち合いを始めた。

ハンブルク港で。

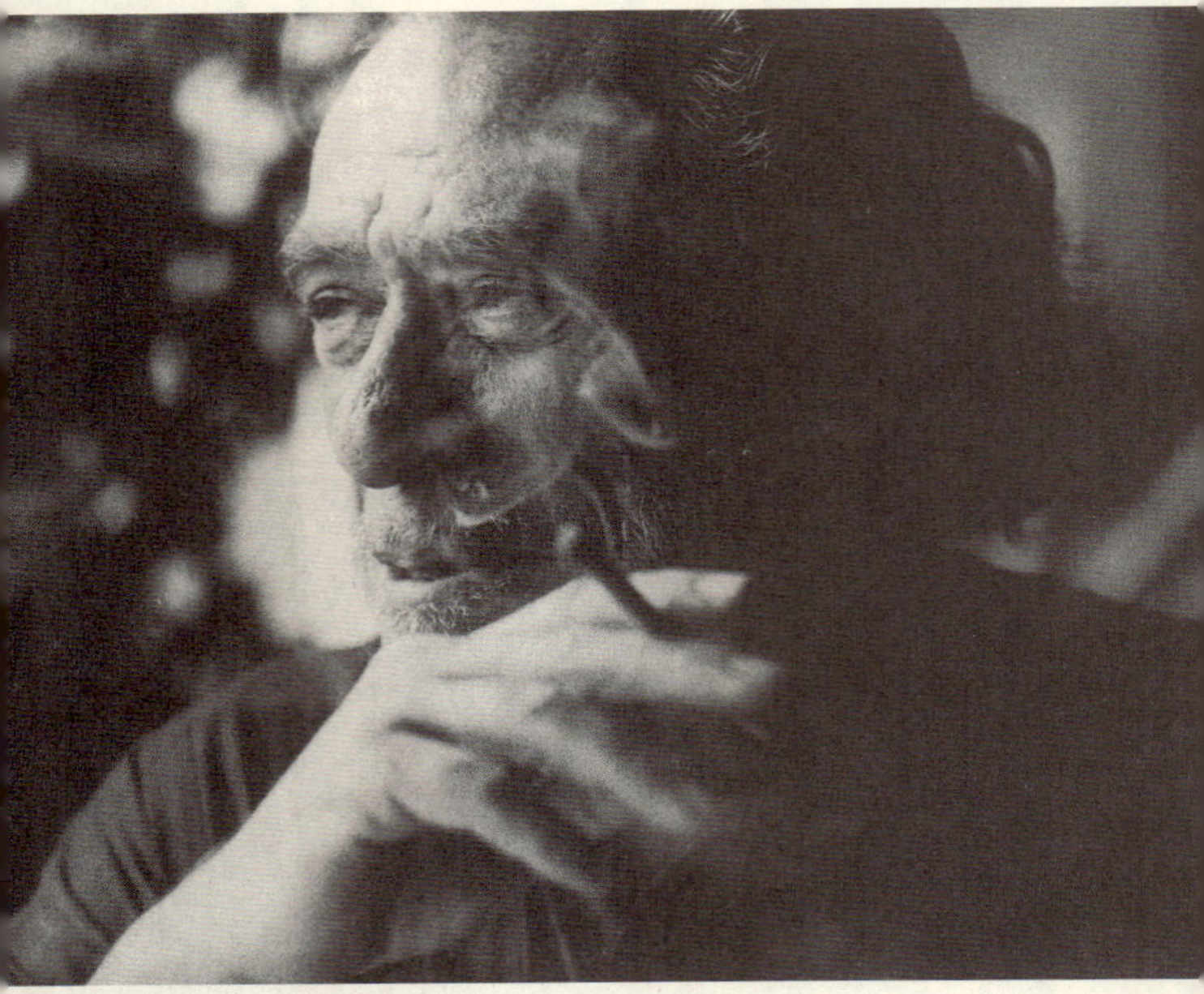

ハンブルクの中華料理店で。

フランクフルトの銃

フランクフルトの空港では軽機関銃を持った兵士たちが
国際線の便の警備をしていた。
イスラエルからの飛行機は特に念入りな
警護を受けていた。
ドイツ人の警官や兵士たちが速射できる武器を持って
ターミナルを歩き回っていた。昨日
男のテロリストが二人
銃で武装した三人の女たちによって刑務所から奪還されて自由の身になっていた。
わたしの友だちが言う、「ちくしょう、やつらはきっと今頃アムステルダムか
どこか別のところにいるよ。このあたりになんていやしない。でも
誰もが怖がっている。見事なもんだよ」
確かにそのとおりだった――空気はぴりぴりしていて、妙な

エネルギーが伝わる。
こういうことになるのもある人たちはあるものを求め、ほかの人たちはそれとは違うものを求めるからだった。絶対になくなることはない。いくら時代が変わっても、ずっと続いてきたではないか。

二人のテロリストたちは自分たちを救い出してくれた三人の女たちとセックスをしたのだろうか。だとしたらなかなか高貴な行為だと言える。政治がセックスに対抗する術はなく、それはひとつのいいところだった。

わたしの友だちとわたしはビールを飲んでサンドイッチを食べることにした。つまり、どちらの側にもつかないというのは、きわめて退屈だが、きわめて必要だということだ。そして人は食べて、煙草を吸って、いろんなことをやり続けていく。わたしは手荷物の鞄を肩から下ろして煙草に火をつけた。気温は二十度を少し超えている。
それほどひどい気候ではなかった。

ハンブルク、カール・ヴァイスナーの家で。

アンデルナッハで①

アンデルナッハで②

ドイツのホテル

ドイツのホテルはとても変わっていて部屋代が高くて部屋の
ドアは両開きで、とても分厚いドアで、部屋からは
公園や水道塔が見渡せ、朝は
たいていいつも朝食には間に合わなくてメイドが
いたるところにいてシーツを取り替えたりタオルを
かけたりしているが、ホテルの客は一人も見当たらず、いるのは
メイドたちとフロント係だけで、昼間のフロント係は問題が
なく、というのもわたしたちは昼間はしらふだからで、しかし
スノッブなところのある夜のフロント係とは悶着を起こしっぱなしで
いくら言ってもワインのコルク抜きや氷や
ワイン・グラスを上のわたしたちの部屋までなかなか届けてくれず
わたしたちがうるさいとほかの客から苦情が出ていますとしょっちゅう
電話をかけてきた。

ほかの客とは何のことだ？
すべてひっそりとしていて、何も起こっていないじゃないか
誰か頭がおかしなやつがいるんだろう、お願いだから
電話をかけるのをやめてくれないかとわたしはいつも彼に言い返した。
しかし彼は電話をかけ続け、夜通しわたしたちにつき合ってくれる
ほとんど仲間のような存在になっていた。
しかし昼間の男はとても親切で、金銭的なことや
親友がわたしたちを訪ねてくることや、あるいはその両方
いずれにしても重要なことについてのちょっとした知らせを伝えてくれた。
今回のヨーロッパ旅行でわたしたちは二度
このホテルに泊まり、チェックアウトをするといつも
昼間のフロント係はわかるかわからないかといった感じでお辞儀をし、背が高くて
身なりがきちんとしていて愛想のいい彼はいつもこう言ってくれた。「ここにお泊
　まりいただいてうれしく思います。おもどりの節はどうかまたお泊まりください」
「ありがとう」とわたしたちは言う。「ありがとう」
そこはわたしたちのお気に入りのホテルで、もしもわたしが大金持ちになったら

このホテルを買って夜のフロント係を解雇してやることにしよう。そうすればもう誰も角氷やワインのコルク抜きがいつになっても来ないと困ることもなくなるだろう。

ケルンで。

駅

マンハイムの駅にいるドイツ人の酒飲みたちは
小さな丸テーブルのまわりに立ってビールを飲みながら
待っている。彼らの顔は赤く、打ちのめされてしまっているように見えるが
アメリカ人の酒飲み、アメリカでビールを飲む連中とはまるで
違っている。マンハイムの駅で彼らは
おとなしくしている。一九一四年以来ドイツ人たちは二度の戦争に
敗れた。たぶんあんなふうに打ちのめされたのだろう。
しかし彼らの寡黙さや慎み深さ、彼らの繊細さは
特に人目を引こうとしているわけではなく、そのことがわたしを
爽やかな気分にさせる――自分たち自身に対しても人に対してもそこまで度量の広
い無関心さ。
マンハイムのあの駅にいるビールを飲む人たちを

見ることは信じられるものを見ていること
誰もが目にすることのできる素晴らしいもの。歴史や人生の中にひととき佇むこの
　人たちは
人生は時にはひどいことになるかもしれないし
別の時は――ひょっとしたらまずまず――だとしても
声を荒げるようなことは何もないということを証明している。
ビールは申し分なく、列車もやがて到着するだろう。

P

アンデルナッハでクリーニング店を探す。

ライン河を行く。アンデルナッハ近郊で①

ライン河を行く。アンデルナッハ近郊で②

ドイツのマンハイム

教会の鐘がいつも鳴っていた、ほとんど四六時中
ほんものの人たちによって鳴らされるほんものの鐘、正時に鳴ることは
決してないのに、鐘は鳴って、鳴って、鳴って、その音は
骨の髄までしみ込んでしまい、食事をしている時も
トイレに入っている時も、セックスをしている時も、あるいは
歯を磨いている時も、鐘は鳴った……
ちょうどホテルのエレベーターで上ったり下りたりするように
鐘が鳴ることはごくあたりまえのことになってしまい、外では
噴水が水を空中二メートル近くまで噴き上げ、男たちは大型犬を散歩させ
男たちや女たちがテーブルについて何か飲んでいて、彼らは
三十年の間に二度の世界大戦で敗北を喫したというのに、それでもまだ鐘は鳴って
　いて
鐘はユーモアたっぷりに鳴り、鐘は喜びに満ちて鳴っていて、こう思わざるをえな

くなる
なぜなんだ、いったい何ごとなんだ？

ケルンの大聖堂①

ケルンの大聖堂②

まぬけの詩

目を上げてみるとわたしは部屋じゅうドイツ人だらけの中にいる
酔っぱらい。フランス人たちも現われ始め
言っておくが、フランス人たちもまた
とんでもない飲んだくれ。ドイツ人は
機械的に飲んで、彼らのほうが
フランス人よりもたくさん飲むが、フランス人のほうが
より感情をあらわにする。あらゆることに対して
彼らは文句をぶつくさ言い始める。裏切りものめ、この
ろくでなしときたら、あの野郎め、といった調子で延々と続く……
彼らはどちらかと言えばアメリカの酒飲みたちに近い。

しかし一緒に飲んでいたアメリカ人たちはもう随分と前に
ここからいなくなってしまっていた。実際わたしが追い払ってもいた。

ドイツ人やフランス人はどこか宇宙人
のようで、彼らはしょっちゅう自分たちの国の言葉で
喋り、それゆえわたしは彼らのことを退屈に思わずに
済んでいる。しかしわたしは彼らのことが鬱陶しくなりつつもある。
何日か前、わたしはドイツ人を三人追っ払った。次は
フランス人の番だ。

クアーズの六本入りのケースとマルボロの煙草が
手放せないアメリカ人たち。彼らはわたしにはもう
お呼びじゃない。わたしが待ち受けるのはスペイン人、
日本人、イタリア人、スウェーデン人……

わたしがこれからも求めることはといえば、このタイプライターが
最後の直線コースを一気に駆け抜け
前を走っているランナーたちを
一人ずつ追い抜き
ピューリッツァー賞を受賞した毛並みのいい連中も一気にかわし

ゴールのリボンを引きちぎり
モスクワも越えて遠くインドまで走り続けてほしいということだけ……
イースト・ハリウッドはチナスキーのような白人の
大竜巻野郎向けの場所では一度としてなかった。

訳者あとがき

本書は一九九五年五月にカリフォルニア州サンタ・ローザのブラック・スパロウ・プレスから出版された*Shakespeare Never Did This*の全訳である。ブコウスキーのこの作品は、そもそもは一九七九年にサンフランシスコのシティ・ライツ・ブックスから出版された。本書は十六年ぶりに出版社も変わって出し直された増補版である。〝増補〟されている部分は、「エピローグ」の詩作品十一編と、詩に添えられているマイケル・モンフォートの写真十九点ということになる。

本書は、一九七八年、五十八歳のブコウスキーがフランスとドイツを訪れた時の様子を、彼自身の文章と（詩と）同行したカメラマン、マイケル・モンフォートの写真とで綴った、いわゆる紀行作品だ。この旅にはカメラマンのマイケルだけではなく、当時のブコウスキーのガールフレンドで、その後一九八五年八月十八日にロサンジェルスで結婚式を挙げて彼の妻となるリンダ・リー・ベイルも同行している。多作のチャールズ・

ブコウスキーではあるが、本書のような〝ノン・フィクション〟作品はそれほど多くはない。*Notes of a Dirty Old Man* のようなエッセイ集こそあっても、こうした旅行記、紀行文は、本書が唯一の存在ではないだろうか。もっともブコウスキーの小説は、ヘンリー・チナスキーなる自分自身の分身を主人公に、実際に起こったことが書かれているものがほとんどなので、小説といっても限りなくノン・フィクションに近いのだが、やはり正真正銘の自分を登場させて、その行動や思ったこと感じたことを、正直に綴っている本書のような作品は、それらとはまた違った味わいがある。

本書を読んでいると、これまでの小説作品では正面切って語られることのなかったブコウスキーの優しさや繊細さ、子供っぽさ、それに脆さや哀しみのようなものまでが、正直に、あまりにも正直すぎるほどに吐露されているような印象を受ける。そうした彼の実像、生の姿は、特に旅に同行したリンダ・リー・ベイルやドイツのマンハイムで出会うドイツ人翻訳家のカール・ヴァイスナー、あるいはアンデルナッハに住んでいる九十歳の叔父のハインリッヒ・フェットのことを語る文章の中から滲み出ている。どんな場合でも、もともとけれんや衒いのない文章を書くブコウスキーではあるが、分身を使うのではなく、自分自身を主語にして、まさに歯に衣着せぬという感じで、美しいことも、醜いことも、不遜なことも、すべてありていに言ってしまっている本書の痛快さや爽快さは、小説以上のものだと言えそうだ。またブコウスキーのどの作品からも感じられる彼独自のユーモア感覚は、こうしたノン・フィクション作品では特に顕著で、それらが軽妙洒脱な筆致の中に溢れ出ていて、読んでいて思わずにんまりさせられる場面に何度となく出会わされる。

そして、ブコウスキーならではの〝醒めた目〟は、このノン・フィクション作品の中でも健在である。シュヴェツィンゲン城の庭園で、あるいはケルンの大聖堂で、はたまたフランクフルトからパリへと向かう列車の車中で、作者がとりとめもなく耽る〝思索〟の中から浮かび上がってくるものは、彼の〝人生哲学〟であり、〝文学論〟だ。それは、人生は耐え難いもので、誰もがそれをごまかしたり、まやかしで飾り立てたりして生きているが、自分はそうしたごまかしやまやかしとは無縁で、取り残されたもの、取るに足りないものを大切にし、それらを追い続け、書き続けたいというもので、彼の小説作品の中でも何度となく登場しているものだが、本書で改めて読むと、より説得力にも満ち、現実に対するより鋭い批判にもなりえているように思える。そうした作者の〝批評眼〟がダイレクトに読み取れるところが、作者の生の姿が滲み出ているということと共に、このノン・フィクション／エッセイ作品の大きな魅力となっている。

またこの〝増補版〟にはブコウスキーの詩が十一編収められていて、それは本書のテーマとなっている七八年のヨーロッパ旅行を題材にしたものばかりなのだが、彼の文章と同じく、正直で気取りのない、それこそ詩につきもののいわゆる〝神聖さ〟を微塵も感じさせない作品ばかりで、凝縮された言葉が逆に作者の感情の豊かさや繊細さ、思索の深さや鋭さを見事に伝えているようにも思える。

ところで、一九七八年に行なったヨーロッパ旅行の記録をひとつの作品にするにあたって、彼は旅の中で起こったできごとを、そのまま順を追ってただ書きとめているわけではない。今のところチャールズ・ブコウスキーの最も詳しいバイオグラフィーと言えるニーリ・チェルコフスキーの *Hank: The Life of Charles Bukowski*（一九九一年、ランダム・ハウス刊／追記・その後一九九九年に、より詳しく正確な伝記、ハワード・スーンズ著 *Charles Bukowski: Locked in the Arms of a Crazy Life*『ブコウスキー伝——飲んで書いて愛して』が刊行された）によると、ブコウスキーは一九七八年五月八日に、リンダ・リー・ベイルとマイケル・モンフォートの二人と一緒に、ロサンジェルスからまっすぐフランクフルトへ飛んでいる。そして空港に迎えに来ていたカール・ヴァイスナーと出会い、彼の車でマンハイムに行ってそこで一週間を過ごし、その間にハイデルベルクを訪れたと書かれている。カールの息子のマイクへのおみやげのスケートボードや *The Mermaid Blues* という自分の短編小説をもとにして作られた映画のフィルム（ハイデルベルクの学生たちと試写会をして、後にハンブルクの朗読会でも上映するものだ）を持っていたブコウスキーは、フランクフルトの税関でひっかかり、係員と一悶着起こしたというエピソードにも触れられている。そしてマンハイムから一行はハンブルクに向かい、五月十七日にマルクトホールで朗読会を行なった後、アンデルナッハの叔父を訪ね、それからもう一度マンハイムを訪れ、そしてロサンジェルスに戻っている。

*Hank*では、「叔父に会うということが、一連の旅の真の目的だった。カールに会ったり、マンハイムのホテルに泊まったりといったほかのことすべても申し分なかったね。飲んだくれたこととかね。でもわたしは観光客が訪れる名所にはぴんとこなかった。あんなものはなくてもちっともかまわない」というブコウスキーの言葉も紹介されている。そしてやはり同書によると、ブコウスキーは同じ七八年の十月にフランスの編集者にどうしても来てほしいとせがまれてパリを訪れ(本人はもう一度ヨーロッパに行く気はあまりなかったようだ)、「アポストロフ」という九十分の人気テレビ番組に出演して、そこでは本番中に酔っぱらい、途中で退席して、司会のベルナール・ピヴォをかんかんに怒らせている。そしてフランスのテレビでは前代未聞のこのできごとがあった翌日から、当時四冊だけ出版されていたブコウスキーの仏訳書は飛ぶように売れ始めたらしい。

ということは、本書はそのふたつの旅の記録をひとつに纏めて作品にしたもので(「エピローグ」の詩でも、「ヨーロッパ」では〝五月に/ヨーロッパに出かけるんだ〟とあり、「みんな一緒に」では〝パリで/九月に〟〔十月ではない〕とある)、そうすると、フランスからドイツへのユーレイル・パスでの旅や格安航空券のエピソードがよくわからなくなってくる。そのあたりでブコウスキーの脚色や創作が少し入ってくるのかもしれないが、本書を読んでいると、彼はすべて実際に起こったことをありのままに綴っているとしか思えない。

もっともフランスのテレビ番組を五千万から六千万人が見ているとか（一九七八年当時のフランスの人口は五千二百二十四万人だ）、パリの通りにオートバイに乗った人間たちが一万人も集まっているとか、飛行機に積んでいるワインを全部飲んでしまったとか、彼ならではのユーモラスな誇張も随所にちりばめられている。いずれにしても、本にするにあたって、ブコウスキーは月日をずらしたり、入れ替えたりといった工夫を凝らしてはいるのだろうが、中で語られていることはすべて真実なのではないだろうか。二度のヨーロッパへの旅の記録が順序も逆にして、ひとつにされているとしても、ありのままの自分を正直に綴ったその文体や内容から、この作品をブコウスキーの希少にして貴重なノン・フィクション作品と呼んでも決して的外れではないだろうとぼくは思っている。

また本書で忘れてはならないのがマイケル・モンフォートの写真で、彼の優しくあたたかい写真からは、このカメラマンのブコウスキーへの敬愛の念がしっかりと伝わってくる。しかもこの作家の人となりを、見事に印画紙の上にとらえている。マイケル・モンフォートは、一九四〇年にドイツのフライブルクに生まれていて、ドイツのメジャー・マガジン何誌かでフォトジャーナリストとして仕事をした後、一九七三年にロサンジェルスに移り住んでいる。七七年にドイツの新聞のための取材でブコウスキーと初めて会ってからは、彼の写真を数多く撮影するようになり、本書のほかにも*Horsemeat*（一九八二年）、*The Wedding*（一九八六年）、*Bukowski*（一九八七年）、*Bukowski/Montfort*（一九九三年）といった写真集を発表している。（追記・ロサンジェルスからプラハに移った後ドイツに戻り、二〇〇八年に亡くなっている。）

本書の原題は「シェイクスピアは決してこんなことをしなかった」というもので、ブコウスキーはシェイクスピアのことを「上流階級のたわごと」とか「読むに耐えないし、みんなが誉めるほどのことはない」といつもけなしているので、そこには「こんなこと」（それは彼自身の創作全般のことでもあり、今回の酔いどれ旅のことでもあり、ひいては彼の生き方そのもののことでもあるが）に対する作者の自負の念が読み取れる。

今回も翻訳をするにあたって、河出書房新社編集部の木村由美子さんに大変お世話になった。感謝します。またぼくは生まれてから一度も競馬場に足を運んだことがなく、競馬に関してはからきし駄目ときているので、ブコウスキーたちがデュッセルドルフの競馬場を訪れる章での翻訳に関しては、『詩人と女たち』の時に引き続き、山本一生さんにいろいろと教えていただいた。感謝します。

一九九五年十一月　　中川五郎

ちくま文庫版あとがき

一九九五年十二月に河出書房新社から単行本で出版された『ブコウスキーの酔いどれ紀行』が文庫化されるのは今回が二度目となる。最初は二〇〇三年十月に河出文庫の一冊となって発売された。それから十三年の歳月が流れ、河出文庫版は絶版となって新刊で手に入れることはずっとできなくなっていた。もちろん二十年以上前に出版された単行本も絶版となっている。そんな状況の中、今度はちくま文庫の一冊となって発売されることになった。本書を探していた人たち、読みたいと思っていた人たちがすぐに手に入れられる状況になってとても嬉しいし、新たな読者もきっと増えるだろうと思うと、もっともっと嬉しい。

ちくま文庫での『ブコウスキーの酔いどれ紀行』は、二〇一七年三月の発売となるが、二〇一六年あたりからこの日本でも没後二十二年目にしてチャールズ・ブコウスキーに再注目する動きがじわじわ起こってきている気配を感じる。まずは彼の遺作長編小説となった一九九四年の『パルプ』（柴田元幸訳）が、二〇一六年六月にちくま文庫版で発売し直され（こちらも一九九五年にまずは単行本で出版され、二〇〇〇年に新潮文庫の一冊となり、それから十六年ぶりに二度目の文庫化）、八月にはブコウスキーが残した未発表作品や単行本未収録の短編小説、エッセイを集めた『ワインの染みがついたノートからの断片』が、拙訳で青土社から出版された。日本で新たなブコウスキーの著作が出版されるのは、二〇〇一年の『オールドパンク、哄笑する』以来十五年ぶりのこととなる。そしてこの『ブコウスキーの酔いどれ紀行』がちくま文庫で出版され、今ぼくはブコウスキーの未発表、もしくは単行本未収録の短編小説やエッセイを集めた新たなアンソロジーの翻訳に取り組んでいる。また『くそったれ！少年時代』をもとにしたブコウスキーの子供時代、青年時代を描いた映画 *Bukowski* も今年二〇一七年に公開予定だ。脚本と監督はジェイムズ・フランコ、ジョッシュ・ペックがブコウスキー役を演じるこの映画は、二〇一三年に完成し、一四年に公開が予定されていたが、『くそったれ！少年時代』の映画化権を自分が持っているという人物に訴訟を起こされ、公開が延期になっていた。

ブコウスキー人気再燃現象はもちろん日本にかぎったことではなく、というかむしろ海外の動きに直接的、間接的に影響されて起っているようにぼくには思える。その立役者と言えるのが、アメリカのデイヴィッド・ステファン・カロン（David Stephen Calone）とスペインのエーベル・デブリット（Abel Debritto）という二人のブコウスキー研究者だ（ブコウスキスト、それともブコウスキロジストとでも呼べばいいのか⁉）。一九九四年三月九日にブコウスキーが七十三歳で他界してから、現在アメリカ各地の大学で教鞭をとるデイヴィッドは、単行本未収録、未公開のブコウスキーの残された作品、あるいはインタビューでの貴重な話などを探し出し、それらを集めて *Sunlight Here I Am: Interviews & Encounters 1963-1993*（二〇〇三年）、*Portions From A Wine-Stained Notebook*（二〇〇八年、『ワインの染みがついたノートからの断片』の原書）、*Absence of the Hero: Uncollected Stories and Essays Vol.2 1946-1992*（二〇一〇年、現在翻訳作業中）、*More Notes of a Dirty Old Man: The Uncollected Columns*（二〇一一年）、*The Bell Tolls for No One*（単行本未収録短編小説集）（二〇一五年）などを次々と編纂して発表し、二〇一一年にはブコウスキーの評伝 *Charles Bukowski* も出版している。そしてこのデイヴィッドが「並外れたブコウスキー学者」と絶賛しているのがエーベル・デブリットで、ブコウスキーの文章の一部や詩を彼がテーマ別に集めて編纂したシリーズの三冊 *On Writing, On Cats, On Love*（二〇一五年から一六年）は、デイヴィッドの本とともに話題を集め、ブコウスキー人気再燃現象の大きなきっかけとなっている。エーベルは *Charles Bukowski, King of the Underground: From Obscurity to Literary Icon*（二〇一三年）というブコウスキー研究書も出版している。

あちこちでブコウスキーが再注目される中、彼が残したこの唯一の紀行文集が日本でまたいつでもすぐに読めるような状況になったのはほんとうに嬉しいかぎりだ。しかも本書は単行本で出版された時のあとがきでぼくが書いたように、単なる紀行文で終わることなく、ブコウスキーの人生観や文学や創作に対する考えも、実にわかりやすく正直に語られている。小説でもとことん裸になって自分自身を曝け出すブコウスキーだが、ここではそれ以上に彼の生の息遣いや揺れ動く繊細な感情、人間くさい魅力をたっぷり味わえる。酔いどれ紀行に関連したブコウスキーの詩が十一編収められているのもとても貴重だ。日本でのブコウスキー人気再燃現象が、ぼくの過剰反応や単なる願望でないのだとしたら、今度こそブコウスキーの本来の仕事のひとつ、彼の詩集の数々が日本語に訳されて出版されることを強く願っている。

本書のちくま文庫化にあたっては、筑摩書房の山本拓さんが情熱を込めて素晴らしい仕事をしてくださった。感謝します。ゲラの受け渡しではぼくのライブ会場まで来てくれ、ライブも聞いていってもらえたことがとても嬉しかった。

二〇一七年一月

中川五郎

解説　僕にブコウスキーは口説けない

佐渡島庸平

編集者をしていると「作家と付き合うのって、大変じゃないですか？」とよく質問される。多くの人は作家が気難しいと思っている。そう、それは間違いではない。ブコウスキーの作品を一ページ読めば、この人と一緒に生活するのはかなり大変だと全員が賛同してくれると思う。

作家は自分の欲望に忠実に振る舞うから、確かに一般的な人と比べると、常識的ではない反応をする。しかし、編集者からすると、作家はとても付き合いやすい。なぜなら、どう付き合えばいいのか、作品の中で告白してくれているからだ。自分はどんな人間で、どんな風に扱われるのが好きなのかを具体例をだして説明してくれている。もしも僕がブコウスキーと会うとしたら、飛行機のチケットとか、電車の乗り降りとかは、全部、事前に徹底的に手伝う。編集者は作家と会う前には、作品を読み込んでいるから、会った時に何を話せばいいのか、イメージができている。予行練習を十分してから会うことができるから、会話を弾ませられる。

逆に一般人は、反応は一般的かもしれないのだけど、心の中ではどう思っているかがわからない。その人の考え方を知るヒントがないから、会話の糸口を見つけるのが難しい。作家だと延々と会話が尽きることなく話すことができるけど、パーティーとかで名刺交換をした後、何を話せばいいのかわからなくて、気まずい時間を過ごすなんてことはよくある。僕は今、コルクという会社を経営しているのだけれども、作家のモチベーションがあがるテーマを見つけることは簡単にできるのに、社員のモチベーションをあげることはなかなかできない。

学生時代に僕は、ブコウスキーにはまってかなり読んでいた。『パルプ』はブコウスキーの最高傑作だと思うし、『死をポケットに入れて』は宝物のような文章だと感じて、一時期なぜかずっと鞄の中に入れて、気が向いたらパラパラ繰り返し読んでいた。『くそったれ！少年時代』も大好きだったし、この『ブコウスキーの酔いどれ紀行』ももちろん読んでいた。

僕は頭の中では色々考えるほうだけど、現実での行動は穏当なほうだと自分では思っている。だから、ブコウスキーを読みながら、こんな風に破天荒に振る舞える大人になりたいと、半ば諦めながら、あこがれていた。フランスのテレビ局の撮影で酔っ払って悪態をつき、途中で帰って、しかもそのおかげで本も売れるなんて、僕には絶対に真似できないし、あまり真似をしたくもないのだけど、なぜかあこがれてしまう。

今回、ブコウスキーの作品を十五年ぶりに読み返すにあたって、昔のあこがれが、僕の幼さゆえで、今読むとそこまで好きになれないのではないかと、ちょっと心配しながら読み始めた。そして、編集者として十五年を過ごしたのだから、もしもブコウスキーがまだ生きているとして、自分だったらどう口説くのかを想定しながら読むことにした。

ブコウスキーへのあこがれが一時的なものだなんてことは全くなかった。読み始めて、すぐに昔と同じようにブコウスキーに魅了された。ブコウスキーの話には、ストーリーなんてほとんどない。作中ではアルコールをめぐる問題以外、事件なんてほとんど起きない。人と飲んで、人との約束を破って……を繰り返しているだけ。なのに、彼の文章は人生について雄弁に語っている。ありきたりな、どこにでもある文章のようでありながら、どこにもない文章だ。ブコウスキーは、言葉を誰よりも正確に使う。その圧倒的に正確に伝えられた文章からは、生きることの悲哀、やりきれない気持ち、同時に深い愛情が伝わってくる。並々ならぬ精神力でもって、誠実に自分と向き合った人であることが文章から伝わってくる。

みんなが感心したりすることにわたしはまったく感心できず、ひとり取り残されてしまったりするのだ。例を挙げていってみると、次のようなことが含まれる。社交ダンス、ジェット・コースターに乗ること、動物園に行くこと、ピクニック、映画、プラネタリウム、テレビを見ること、野球、葬儀への参列、結婚式、パーティ、バスケット・ボール、自動車競走、ポエトリー・リーディング、美術館、政治集会、デモ、抗議運動、子供たちの遊び、大人の遊び……。（中略）ほとんどどんなことにも興味を引かれない人間が、どうしてものを書くことができるのか？　どっこい、わたしは書いている。わたしは取り残されたものについて書いて書いて書きまくっている。通りをうろつく野良犬、亭主を殺す人妻、ハンバーガーに食らいつく時に強姦者が考えたり感じたりしていること、工場での日々、貧乏人や手足を切断された者、発狂した者がひしめく部屋や路上での生活、そういったたわごと。（七九頁）

僕はこの文章に激しく共感する。幸運なことに僕は編集者として何作かヒット作に関わらせてもらったけれども、どの作品も、今世間で関心が持たれている多くの作品への違和感が出発点だった。「編集者として、何にでも興味を持たなくてはいけない」と考えた時期もあったけど、今は、ブコウスキーと同じように、自分のこだわりに誠実に向き合うことが、作品作りになるのだと無理な努力をやめてしまった。

そして、読みながら、ただただブコウスキーの魅力にやられた。

それからわたしは立ち上がって、母親と娘の写真を撮った。その次に母親が立ち上がり、娘と年を取った男友だちとの写真を撮った。みんな写真を撮るのが好きだ。わたしも嫌いというわけではなかった。写真は死に至る過程を捉えて、その瞬間を焼きつけているだけのようにわたしには思えた。確かにそれはおかしなことには違いなかった。（二六頁）

こんな文章を書く作家に向かって何かいうことがあるだろうか？　十五年ぶりに読んで、ブコウスキーにがっかりすることはなかったが、自分が十五年前と同じ、ただブコウスキーにあこがれる文学青年でしかないことに少しがっかりした。遠くまで来たものだと思っていたけれども、まだ大して遠くまで来れてない。

ブコウスキーに作品を書いてもらうために口説くのではなく、ただただ一緒に飲んでみたかった。一緒に酒を飲む、無為な時間が恐ろしく幸せな時間になりそうだ。でも、もうその機会は永遠にやってこない。

代わりに、ブコウスキーが飲むみたいに、ワインを勢いよく飲んで、ベロンベロンになりながらブコウスキーについて語り合いたい。でも、そのようなことをできる人生の仲間を、僕は誰一人として今のところ、思い浮かべることができないのだ。

（さどしま・ようへい　編集者／コルク代表　@sadycork）

ちくま文庫

ブコウスキーの酔《よ》いどれ紀《き》行《こう》

二〇一七年三月十日　第一刷発行

著　者　チャールズ・ブコウスキー
写　真　マイケル・モンフォート
訳　者　中川五郎（なかがわ・ごろう）
発行者　山野浩一
発行所　株式会社　筑摩書房
東京都台東区蔵前二―五―三　〒一一一―八七五五
振替〇〇一六〇―八―四一二三
装幀者　安野光雅
印刷所　三松堂印刷株式会社
製本所　三松堂印刷株式会社

乱丁・落丁本の場合は、左記宛にご送付下さい。
送料小社負担でお取り替えいたします。
ご注文・お問い合わせも左記へお願いします。
筑摩書房サービスセンター
埼玉県さいたま市北区櫛引町二―六〇四　〒三三一―八五〇七
電話番号　〇四八―六五一―〇〇五三

ISBN978-4-480-43435-7　C0197